*Jan Off*

Die Helligkeit der letzten Tage

1. Auflage 2016


Cover: TERMINALaRT
Lektorat: Miriam Spies
Satz: Fred Uhde, Leipzig (www.buch-satz-illustration.de)

ISBN: 978-3-95791-054-7


Hat Dir das Buch gefallen? Schreib uns Deine Meinung unter:
info@unsichtbar-verlag.de
Mehr Infos jederzeit im Web unter www.unsichtbar-verlag.de

Unsichtbar Verlag | Wellenburger Str. 1 | 86420 Diedorf

# DIE HELLIGKEIT DER LETZTEN TAGE

*Jan Off*

UNSICHTBAR
VERLAG

*Delayed because of hyena-attack.*

# 1

Ein brutaler Knall, als hätte keinen Meter entfernt jemand mit einem Hammer auf Stahlblech geschlagen. Erschrocken hob Marek den Blick, erwartete schon, ein Einschussloch in der Scheibe zu entdecken, oder wenigstens einen Vogel, der, irritiert vom unerwarteten Aufprall, mit hektischen Flügelschlägen dagegen ankämpfte, in die Tiefe zu stürzen. Stattdessen sah er eine weiße Masse das Glas hinabrinnen.

Im ersten Moment dachte er an Joghurt oder Dickmilch. Dann erkannte er, dass es sich um Farbe handelte, Wandfarbe wahrscheinlich. Da hatte wohl einer der vielen Verzweifelten, die sich seit mittlerweile zwei Tagen im gesamten Stadtgebiet erbitterte Kämpfe mit den Sicherheitskräften lieferten, ein gutes Stück daneben gezielt.

Marek stemmte sich vorsichtig aus dem Bürostuhl, schlich gebückt zum Fenster und spähte hinunter zur Straße. Auf der Kreuzung hatte sich eine etwa zweihundert Köpfe zählende Menge versammelt, aus der heraus alle nur erdenklichen Wurfgeschosse in Richtung einer erschreckend losen Polizeikette flogen, die vor dem Supermarkt postiert worden war. Keine Stunde zuvor hatte dort noch die dreifache Zahl an Uniformierten gestanden. Auch das gepanzerte Fahrzeug, das sie dabeigehabt hatten, war verschwunden. Das mochte nichts zu bedeuten haben, dennoch verstärkte sich die dumpfe Beunruhigung, die Marek mittlerweile schon zum festen Begleiter geworden war, ein weiteres Mal.

Zurück am Schreibtisch starrte er minutenlang auf den Bildschirm, ohne auch nur einen Buchstaben wahrzunehmen. Seine Hoden fühlten sich an, als wären sie auf die Größe von Weintrauben geschrumpft, in seinem Magen blubberte und brodelte es wie in einer Schwefelquelle. Und wieder begaben sich seine Gedanken in dieses quälende Karussell, aus dem auszusteigen so schwerfiel, weil dessen bösartiger Betreiber die Sättel der Plastikpferde mit Sekundenkleber eingeschmiert hatte: Sollte sich tatsächlich das bewahrheiten, wovon das Internet, zumindest der Teil des Internets, der sich dem Einfluss staatlicher Kontrolle entzog, mittlerweile immer drängender kündete? Sollte das Leben wirklich in Kürze vorbei sein? Das Leben der Menschheit und wahrscheinlich auch das aller anderen Geschöpfe? *Sein* Leben? Die Vorstellung, dass er schon in wenigen Tagen nichts mehr sehen, nichts mehr schmecken, nichts mehr spüren sollte, überstieg Mareks Verstand. Er war doch noch jung. Und kerngesund dazu. Verdammt, er war doch *quicklebendig*! Nein, es konnte nicht sein, dass all seine Pläne, seine hochfahrenden Hoffnungen bereits im Hier und Jetzt ihr Ende fanden. Oder doch? Zum tausendsten Mal ließ er den Ablauf der Ereignisse Revue passieren.

Am Anfang hatte sich die offizielle Berichterstattung noch mit dem gedeckt, was über Twitter und ähnliche Kanäle verbreitet wurde. Es war ein Meteorit ausgemacht worden, der sich auf die Erde zubewegte. Zwar besaß dieses Exemplar eine nie dagewesene Größe, aber das stellte keinen Grund zur Beunruhigung dar, schließlich hatte man die Abwehr derartiger Bedrohungen in den letzten Jahren zu genüge durchgespielt. Es war denn auch schnell eine Lösung gefunden. Der Fremdkörper aus dem All sollte in einer konzertierten Aktion mit mehreren atomar bestückten Raketen beschossen und so im wahrsten Sinne des Wortes pulverisiert werden.

Bereits zu diesem Zeitpunkt waren erste mahnende Stimmen zu vernehmen gewesen. Aber zumeist ging es den Kritikern um die negativen Umweltauswirkungen, die der Einsatz von Atomwaffen ihrer Ansicht nach mit sich brächte. Dieser vergleichsweise dünne Singsang schwoll schnell zum Chor an, als die Aktion endlich angelaufen war, die versprochenen Erfolgsbilder aber ausblieben. Erst wurden dafür technische Probleme ins Feld geführt, gleich darauf dann doch noch Aufnahmen gesendet, die allerdings derart verschwommen waren, dass sie alles und nichts belegen konnten. Und dann waren plötzlich erste Regierungsvertreter abgetaucht, Behörden nicht mehr zu erreichen gewesen, Sachverständige verschwunden.

Keine drei Tage war das jetzt her.

Die Erklärung für diese mysteriösen Vorkommnisse lag auf der Hand und verbreitete sich entsprechend schnell, vor allem in der Netzgemeinde: Das Manöver war schiefgelaufen.

Wie genau, darüber gingen die Meinungen auseinander. Die einen behaupteten, die Raketen hätten ihr Ziel nur am Rand beschädigt, wenn nicht gleich ganz verfehlt. Die anderen, und das war die Mehrheit, hingen der These an, dass der monströse Klumpen zwar sehr wohl gesprengt worden war, jedoch derart dilettantisch, dass nun gleich ein ganzer Meteoritenschwarm auf den Planeten zuraste.

Hinsichtlich der Auswirkungen des vermuteten Fiaskos bestand dann allerdings wieder Einigkeit, zumindest was deren Heftigkeit anging. Im Detail mochten die prognostizierten Folgen des Einschlags, beziehungsweise *der Einschläge*, variieren, furchterregend waren sie alle. Von Aschewolken war die Rede, von Feuerwalzen und Flutwellen und schließlich von einer Phase, die einem atomaren Winter gleichkam und selbst noch den kleinsten Funken organischer Materie auslöschen würde.

Das letzte, was Marek gelesen hatte, bevor er vom Aufprall der Farbbombe ans Fenster getrieben worden war, war der Blog-Eintrag eines international renommierten Strahlenwissenschaftlers der Humboldt-Universität gewesen, der viele dieser Horrorvisionen bestätigte. Der Text hatte mit der zynischen Empfehlung geendet, den Augenblick zu genießen.

Marek fühlte Wut aufwallen und ließ mit einer schnellen Handbewegung das Notebook zuklappen. All diese neunmalklugen Prognosen brachten ihn nicht weiter. Er hatte in den letzten achtundvierzig Stunden ohnehin schon mehr Informationen aufgenommen, als einem durchschnittlichen Verstand bekömmlich war. Von Unruhe getrieben stand er auf und stellte sich erneut ans Fenster. Was er sah, verstärkte das Gefühl, die Wirklichkeit würde mit hundertachtzig Sachen vorbeirauschen, während er selbst dazu verdammt war, auf dem Standstreifen zu verharren. Denn auch wenn es vielleicht zu erwarten gewesen wäre, wirkte der Umstand, dass die Polizeikräfte mittlerweile vollständig von der Bildfläche verschwunden waren, vollkommen irreal.

Der Mob hatte sich diesen Umstand sogleich zunutze gemacht und war bereits dabei, den Discounter um seine Warenbestände zu erleichtern. An den aufgehebelten Eingangstüren herrschte ein reges Kommen und Gehen. Mit leeren Händen drangen die Leute in den Innenraum vor, beladen wie Zollfahnder, die ein Lager voller Markenfälschungen ausgehoben hatten, kehrten sie wieder zurück. Die Kräftigsten schafften gleich vier oder fünf Paletten Dosenbier, das sich besonders großer Beliebtheit erfreute.

Für einen Moment überließ Marek sich der Vorstellung, selbst zum Plünderer zu werden, den alten Kindheitstraum wahr werden zu lassen, alles einzustecken, was das Herz begehrte. Dann wurde dieses Bild von der Einsicht verdunkelt, dass derlei Tun nicht ungefährlich war, auch wenn sich keine Polizei mehr in der Nähe befand oder gerade deswegen. Außerdem hatte er noch genug zu Essen und zu Trinken im Kühlschrank. Genug jedenfalls bis zum …

Wann der Moment des Einschlags wohl genau erfolgen würde? Und vor allem: wo? In unmittelbarer Nähe? Oder vielleicht auf der anderen Seite der Erdkugel, was ja dann sicher ein bisschen Aufschub … Wieder begann die drohende Apokalypse sich in Bildern zu manifestieren.

Aber auch die Gestalten, die da so dreist ihrer Gier nach Alkohol und anderen Genüssen freien Lauf ließen, spukten nach wie vor durch seinen Kopf. Denn natürlich stellte sich Frage, womit die letzte, kurze Spanne des Daseins, *seines* Daseins gefüllt werden sollte. Rausch war in jedem Fall eine Option. Arbeit weniger. Marek warf einen flüchtigen Blick auf die Skizzen, die sich auf der Schreibtischplatte türmten, und konnte es nicht verhindern, dass ein bitteres Lächeln über sein Gesicht huschte.

Nein, Arbeit schied aus, selbst wenn er, was nun wahrlich nicht der Fall war, die seine als freudvoll empfunden hätte. Denn Arbeit brauchte immer ein Gegenüber, einen Kunden, einen Auftraggeber, damit sie einen Sinn bekam. Marek musste an todkranke Künstler denken, die ihre letzten Stunden damit zubrachten, ein weiteres Bild, ein weiteres Buch, eine weitere Komposition zu vollenden oder wenigstens voranzutreiben, um der Nachwelt einen letzten Beweis ihres gottgleichen Genies zu hinterlassen. Derlei war in einer Situation wie dieser natürlich nicht mehr möglich und damit müßig. Genauso wie das Backen von Brot, das Behandeln von Krankheiten oder (wie in seinem Fall) das Entwerfen eines Flyers für ein *neueröffnetes Piercingstudio*.

Also der Rausch. Wenn schon alles den Bach runterging, dann wenigstens begleitet von Zügellosigkeit und Ekstase. Aber in welcher Form? Als stumpfes Besäufnis eher nicht. Das ließ die Minuten viel zu schnell dahinschwinden. Besser wäre etwas, das das Zeitgefühl zum Erliegen brachte. Sex zum Beispiel. Ja, Sex wäre in der Tat eine Möglichkeit. Wieder und wieder in eine weibliche Körperöffnung hineinstoßen, bis der Schwanz so wundgescheuert war, dass in der Intensität von Schmerz und Lustempfinden kein Unterschied mehr bestand. Und dann weitervögeln, vielleicht zwei Frauen oder gleich ein halbes Dutzend …

Verdammt, was dachte er da?! Die Erde würde *nicht* untergehen. Sie existierte seit Milliarden von Jahren und sie würde wohl auch noch ein paar Jahre weiterbestehen. Zumindest solange, bis sein Gedächtnis ausreichend Highlights gesammelt hatte, um davon eine Weile zehren zu können. Es gab also keinen Grund, sich mit Plänen für die allerletzte Party zu beschäftigen. Oder doch? Dieses tausendfach verfluchte Internet mit all seinen Halbwahrheiten und Fehlinformationen. Dieser gottverdammte Strahlenforscher.

Marek verließ seinen Beobachtungsposten und schenkte sich in der Küche etwas Merlot ein. Ein Schluck Wein war ja noch kein Besäufnis. Während er, das Glas in der Hand, langsam in sein Arbeitszimmer zurückwanderte, zog er mit der freien Hand sein

Mobiltelefon aus der Hosentasche. Gleich fünf. Also keine vier Stunden mehr, bis es dunkel wurde. Wenn er das Haus noch verlassen wollte, sollte er das bald tun.

Dummerweise gab es keine Frau, der er mal eben einen Fick hätte vorschlagen können, um genau zu sein, spielten Frauen gerade überhaupt keine Rolle in seinem Leben (seine Mutter, mit der er im Übrigen auch schon länger nicht gesprochen hatte, mal außenvorgelassen). Sex hatte er seit beinahe anderthalb Jahren keinen mehr gehabt. Sah man mal von diesem einen missglückten Schäferstündchen mit der durchgeknallten Alten ab, die sich bei Renés Geburtstagsparty an ihn rangemacht hatte. Die hatte er, bevor sie grundlos ausgerastet war und ihn mit diesem erstaunlich schmerzhaften Plüschnilpferd aus ihrer Wohnung geprügelt hatte, wenigstens ein paar Minuten lang befummeln können. Lange genug jedenfalls, um die Aktivität unter *Petting* zu verbuchen, wie das während seiner Schulzeit genannt wurde.

Wieder am Fenster angelangt, widmete Marek seine Aufmerksamkeit erneut den Vorgängen um den Supermarkt, wo der Strom der Bierdosen-und Schnapsflaschenjäger kein bisschen abgeebbt war. Was Marek erst jetzt auffiel, war der Umstand, dass kaum Frauen zu sehen waren, jüngere schon gar nicht. Offenbar empfand das weibliche Geschlecht die Situation bereits derart bedrohlich, dass es den Schutz der eigenen vier Wände dem Kontakt mit der Außenwelt vorzog. Das machte es natürlich nicht leichter, eine dieser willigen, zu allem bereiten Schönheiten zu finden, deren

Abbilder – befeuert von Erinnerungen an ungezählte Pornosequenzen – in Mareks Gehirn aufpoppten wie Explosionen in einem Ballerspiel.

Wenn aber Frauen Mangelware darstellten und Besaufen allein nicht genügte, musste etwas anderes her. Was das sein konnte, darüber brauchte Marek nicht lange nachzudenken: Drogen natürlich. Und zwar die, die nach allgemeinen Maßstäben als besonders gefährlich galten, also Heroin, Crack, Crystal und was da sonst noch mit neuen Erfahrungen und Bewusstseinszuständen lockte. Gab es eine bessere Gelegenheit als das bevorstehende Armageddon, um diese Substanzen endlich einmal auszuprobieren? All das spannende Zeug, von dem dich das vernunftgesteuerte Denken und die von ihm geschürten Horrorvorstellungen bisher ferngehalten hatten? Wohl kaum.

Marek kamen Berichte über ein Teufelszeug namens Cloud Nine in den Sinn, das seine Konsumenten angeblich zu Kannibalen machen konnte. In den USA sollten bereits Polizisten gebissen und Obdachlosen das Gesicht zerfleischt worden sein. Aber hey, was bedeutete schon ein fehlendes Stück Fleisch in der Wange, wenn die Welt noch am selben Tag unterging. Stopp! Marek rief sich erneut zur Ordnung. Natürlich machte es etwas aus, ob Menschen Schmerzen litten, bevor sie starben. Und natürlich war es von Belang, wer oder was für diese Schmerzen verantwortlich zeichnete. Auf der anderen Seite gab es keinen Grund, diesen Gedankengang weiterzuverfolgen. Denn Cloud Nine, Krokodil oder ähnlich hochpotente Mixturen mussten es gar nicht sein. Kokain oder Heroin würden vollkommen genügen. Wobei auch Opium zweifelsohne seinen Reiz besaß.

Die Auswahl derjenigen, die ihm beim Beschaffen einer dieser Substanzen weiterhelfen konnten, war leider gering. Genaugenommen gab es nur einen einzigen Kontakt, der in dieser Hinsicht von Interesse war. Er rief René an.

»Marek! Was gibts? Willst du mir deine Besitztümer überschreiben?« René klang gewohnt unbekümmert. Aber hinter der aufgesetzten Fröhlichkeit schimmerte etwas durch, das unschwer als Panik zu deuten war.

»Ich brauche … Ich würde gern …« Im ersten Moment wusste Marek nicht, wie er sein Anliegen vorbringen sollte, und er ärgerte sich, dass er seine Wortwahl nicht kurz überdacht hatte. Dann wurde ihm bewusst, dass eine verklausulierte Sprache, ja, dass überhaupt keine Form der Zurückhaltung mehr vonnöten war. Telefonüberwachung? Strafverfolgung? Das alles war ja wohl Geschichte. Er konnte also gleich auf den Punkt kommen.

»Ich würde gern Drogen kaufen.«

Erst sekundenlanges Schweigen, dann ein nicht enden wollendes, beinahe hysterisches Lachen. Als René wieder sprechen konnte, war der ängstliche Unterton verschwunden.

»Willst du was kiffen oder wie?«

»Nein, ich brauch was Stärkeres. Kokain oder so.«

»Kokain, hört, hört! Und womit willst du das bezahlen?«

Scheiße verdammt! Darüber hatte Marek nicht eine Sekunde lang nachgedacht. Was galt aktuell als Währung? Was gab es noch außer Genuss- und Betäubungsmitteln? Egal. Erst mal das Gespräch am Laufen halten.

»Da fällt uns bestimmt was ein.«

»Glaub ich nicht. Davon ab, habe ich sowieso nichts da.«

Das war absolut nicht das, was Marek hatte hören wollen. Aber er konnte jetzt unmöglich aufgeben.

»Oh. Das ist … das ist blöd. Aber hey, vielleicht können wir ja zusammen was auftreiben.«

»Sicher nicht.«

»Aber … Wieso nicht?«

»Weil du der letzte bist, den ich jetzt sehen will.«

»Was?! Aber warum denn?« Marek konnte nicht verhindern, dass seine Stimme einen unterwürfigen Klang bekam.

»Weil du ein jämmerlicher Langweiler bist.«

»Hey …«

Aufgelegt! Was für ein Arschloch! Was für ein bornierter, kleiner Wichser. Natürlich besaß das Großmaul Stoff. Typen wie René hatten immer was in petto. Und Marek würde seinen Teil davon abbekommen, das war mal sicher. So leicht ließ er sich nicht abweisen. Er würde da jetzt hinfahren und solange Sturm klingeln, bis René ihn reinließ. Zur Not musste er sich mit Gewalt Zugang verschaffen. Und wenn das auch nichts half, wenn René nicht zuhause war oder seinen gierigen Rüssel gerade über den letzten Krümel gestülpt hatte, dann würde er eben woanders was organisieren.

Aufgebracht lief Marek ein paarmal zwischen Arbeitszimmer, Küche und Flur hin und her, zog zwischendurch Schuhe und Jacke an, trank den restlichen

Wein und überlegte, was er mitnehmen sollte. Waffen hatte er nicht, jedenfalls keine Waffen im eigentlichen Sinn. Also musste es ein Küchenmesser tun. Er suchte das mit der längsten Klinge heraus und wickelte es in ein Geschirrhandtuch. Dann nahm er ein Stück Käse sowie eine Packung Salami aus dem Kühlschrank, legte den halben Laib Brot dazu, den er am Vortag gekauft hatte, griff sich zwei Flaschen Mineralwasser und verstaute alles in einem Rucksack. Komplettiert wurde das *Survival-Kit*, wie eine spöttische Stimme in seinem Kopf diese mehr als amateurhafte Auswahl bereits getauft hatte, mit einem Liter Tullamore Dew und einer lange nicht mehr benutzten Stabtaschenlampe, deren Batterien zu Mareks großer Überraschung nach wie vor Saft abgaben. Zu guter Letzt ging er an den Medikamentenschrank im Badezimmer und raffte dort alles zusammen, was auch nur im Entferntesten den Anschein erweckte, eine stimulierende Wirkung zu besitzen. Aus einem Impuls heraus steckte er auch noch das Fieberthermometer ein.

Danach durchmaß er einmal die komplette Wohnung, sah sich in jedem Raum wenigstens für vier, fünf Sekunden um und trat schließlich ins Treppenhaus.

Als er wie üblich den Schlüssel ins Schloss steckte, wurde ihm schmerzlich bewusst, dass er mit hoher Wahrscheinlichkeit nicht mehr hierher zurückkehren würde. Dennoch konnte er dem Drang abzuschließen nicht widerstehen.

Er hatte den Schlüsselbund gerade wieder in der Jackentasche verstaut, als er eine Stimme in seinem Rücken vernahm.

»Ach, der verehrte Nachbar. Wie sieht's aus? Lust auf einen kleinen Umtrunk?«

Er drehte sich um und hatte den alten Herrn Harnleitner aus der gegenüberliegenden Wohnung vor sich. Allerdings sah der heute deutlich anders aus als gewohnt. Er trug Strapse, eine längere, silberne Perlenkette und sonst … *nichts*. Aber halt, Letzteres stimmte nicht ganz. Da war noch ein Accessoire, ein Detail, das Marek erst jetzt auffiel, obwohl es eigentlich nicht zu übersehen war. An Harnleitners Ohren hingen, wie ganz normaler Schmuck befestigt, zwei ausgefranste, blutige Hautlappen in der Größe von Spielkarten. Was bitte schön war das? Schlachtereiabfälle?

Der Alte bemerkte Mareks Blick und sagte: »Helgas Tränensäcke.«

Nun war Marek erst recht verwirrt.

»Wie bitte? Was?«

»Na, die Tränensäcke von Helga, meiner Frau.«

Marek, der sich auf diese Worte noch immer keinen Reim machen konnte, fiel nichts Besseres ein als: »Ach ja? Wo, äh, ist denn ihre Frau?« Zeitgleich versuchte er an Harnleitner vorbei in dessen Wohnung zu spähen. Aber dort war es zu dunkel, um mehr als den Anfang des Flurs erkennen zu können.

»Die ruht sich ein bisschen aus«, entgegnete der spärlich bekleidete Greis. »So eine Schönheitsoperation ist ja kein Zuckerschlecken, gerade wenn die Anästhetika knapp sind.«

Und plötzlich begriff Marek. Der alte Harnleitner, dieser stets freundliche Hausgenosse, mit dem er mehr als einmal über Alltäglichkeiten ins Gespräch gekommen war, hatte – ganz im Sinne des Strahlenforschers – den *Augenblick* genutzt. Genutzt und offenkundig auch *genossen*, wie der verklärte Blick verriet, den er bekam, als er jetzt mit der Rechten an seinem neuen Ohrgehänge zu spielen begann. Marek konnte gar nicht anders, als den grusligen Freak beiseite zu stoßen und so schnell es ging die Stufen hinab zu hasten.

Die Stimme des Alten verfolgte ihn bis ins Erdgeschoss.

»Hey, was ist jetzt mit dem Umtrunk? Ich hab selbstgemachten Sliwowitz da«, hörte Marek ihn rufen.

Vielleicht war die Idee, sein schützendes Heim gegen die vage Möglichkeit eines Drogenrauschs einzutauschen, nicht die klügste gewesen, durchfuhr es ihn, als er endlich die Haustür erreicht hatte. Vielleicht hätte er besser dortbleiben, Pornos konsumieren und sich bis zum letzten Tropfen leerwichsen sollen. Aber umkehren und riskieren, dem Irren noch einmal zu begegnen, würde er nicht. Nein, umkehren würde er auf keinen Fall.

# 2

Draußen war es für eine Oktobernacht vergleichsweise mild, vor allem aber weit ruhiger, als Marek sich das vorgestellt hatte. Er hatte Sirenen und Geschrei erwartet. Und nach dem Vorfall im Treppenhaus hätte es ihn nicht weiter überrascht, wenn ihn auf der Straße eine ganze Prozession von Durchgeknallten empfangen hätte. Aber erfreulicherweise waren nur vereinzelte Passanten zu entdecken. Und auch die Geräuschkulisse nahm sich vergleichsweise bescheiden aus, was vor allem daran lag, dass kaum Verkehr zu hören war.

Er hatte bereits vor dem Verlassen der Wohnung beschlossen, das Fahrrad zu nehmen. Mit dem konnten Fußgänger, die unredliche Absichten verfolgten, jederzeit abgehängt und viele Hindernisse umfahren werden. Es schien unter den gegebenen Umständen also das sicherste Fortbewegungsmittel zu sein. Als er sich nun aber in Richtung der Laterne wandte, an der er sein Mountainbike zuletzt angeschlossen hatte, musste er schon von weitem erkennen, dass das Gefährt nicht mehr zu gebrauchen war. Es sah aus, als wäre es von einem Laster gerammt worden – das Hinterrad auf halbe Größe zusammengefaltet, der Rahmen verbogen wie eine Büroklammer in den Händen eines nervösen Angestellten. Auch die Laterne hatte im Übrigen etwas abbekommen. Vielleicht war hier, warum auch immer, das schwere Gerät der Polizei am Werk gewesen.

Sei's drum, dann eben zu Fuß. Das war zwar weitaus unangenehmer. Aber Marek konnte den meisten Menschen davonrennen. Er hatte sich immer fit gehalten, war wenigstens einmal die Woche Joggen gewesen. Schließlich wollte man auch im Alter noch beweglich durchs Leben …

Er warf einen letzten Blick auf den Schrotthaufen, der ihn mal die Einnahmen eines halben Monats gekostet hatte, und schritt aus.

Bürgersteig und Straße waren mit den unterschiedlichsten Gegenständen übersät, darunter aufgerissene Kartons, leere Flaschen und Unmengen von Pflastersteinen. Hinter dem Supermarkt, der sich dreißig Meter voraus zu seiner Linken befand, stieg eine Rauchsäule auf. Das Plündern war noch im Gange, aber der ganz große Andrang hatte nachgelassen. Wahrscheinlich war das begehrteste Beutegut mittlerweile zur Neige gegangen.

Zu denen, die sich eben erst bedient hatten, gehörte offenkundig auch die verwitwete *Pädagogengattin* aus dem Zweiten, die regelmäßig mit Vorträgen zu Themen wie Mülltrennung und Treppenhausreinigung nervte. Jedenfalls klirrte es, während sie ihm – mit dem für sie typischen hölzernen Gang – entgegenkam, verdächtig in den beiden Leinenbeuteln, die ihr links und rechts von der Schulter hingen. Dass diese nach außen hin so rechtschaffene Frau, die regelmäßig die gelben Tonnen im Hof auf »Fremdkörper« kontrollierte, sich mal an anderer Leute Eigentum vergreifen würde, hätte Marek noch vor zwei Tagen für gänzlich unmöglich gehalten. Wenigstens wirkte sie in sonstiger Hinsicht normal. Das allerdings auch nur, bis sie ihm, gerade als sie aneinander vorbeigingen, mit unüberhörbarem Triumph in der Stimme zuzischte, dass man in der Rakete des russischen Präsidenten einen Platz für sie freihalten würde.

Verdutzt sah Marek ihr hinterher. Aber immer noch bewegte sie sich mit festem, beinahe militärischem Schritt. Und auch sonst war nichts an ihr, das auf Trunkenheit oder ähnliches hätte hindeuten können.

Viel Zeit, über den zweiten offensichtlichen Fall von Wahnsinn in seiner Nachbarschaft nachzugrübeln, blieb Marek nicht, wie es ihm auch verwehrt blieb, den Gedanken weiterzuspinnen, die Pädagogenwitwe könne tatsächlich ein Raumschiff besteigen und ihre Vorstellung von Ordnung ins All hinaustragen. Denn schon nahte das nächste außergewöhnliche Zusammentreffen, wenn auch ein deutlich weniger unterhaltsames.

Keine fünfzig Meter weiter – an einer Stelle, die Mareks Nachbarin definitiv passiert haben musste

– lag eine Gestalt im Rinnstein, die sich beim Näherkommen als junger Mann von sechzehn oder siebzehn Jahren entpuppte, dem reichlich übel mitgespielt worden war. Die dem Boden zugewandte Gesichtshälfte des Teenagers war ein einziges unregelmäßiges Patchwork aus Blut, Knochensplittern und passiertem Fleisch; die andere Seite des Gesichts war nahezu unversehrt. Dafür ragte hier eine weiße Billig-Klobürste aus dem Ohr, die dort nur mit einem Hammer oder etwas Vergleichbarem hineingetrieben worden sein konnte. Denn wie sonst sollte ein derart stumpfer Gegenstand fast bis zur Hälfte im Gehörgang versenkt werden? Oder hatte sich jemand die Mühe gemacht, den Plastikgriff anzuspitzen? (Der unversehrte Bürstenkopf sprach dafür.) Aber warum sollte irgendwer so etwas tun?!

Zu seiner eigenen Verwunderung rief der grausig-groteske Anblick bei Marek keine nennenswerte körperliche Reaktion hervor. Und das war gut so, bemerkte er doch im selben Augenblick, dass das Opfer entgegen aller Wahrscheinlichkeit noch zu leben schien. Jedenfalls hob und senkte sich, wenn auch nur mit Mühe erkennbar, dessen Brustkorb. Notarzt, durchschoss es Marek, und er hatte schon das Handy am Ohr, bevor ihm einfiel, dass ein derartiger Anruf wohl nichts bringen würde. Sicher hatten auch die Rettungskräfte ihre Arbeit eingestellt. Und falls nicht, würden sie mehr als ausgelastet sein. Er probierte es trotzdem und sah sich in seiner Befürchtung bestätigt: besetzt.

Unschlüssig ging er in die Hocke, brachte seine Lippen – soweit die Plastikborsten das zuließen – ans Ohr des Verletzten und sagte: »Kannst du mich hören? Hörst du mich? Ich möchte dir helfen.«

Er erhielt keine Antwort. Dafür vernahm er mit einem Mal unverständliches, aber dennoch unverkennbar aggressives Gegröle. Er blickte auf und sah eine Gruppe von sechs oder sieben Personen auf sich zukommen, von denen wenigstens die Hälfte Knüppel oder Eisenrohre in den Händen hielt. Damit hatten sich alle Bemühungen in Sachen Erste Hilfe erledigt. Denn was auch immer das für Typen sein mochten, Recht und Ordnung wieder herzustellen, schien nicht ihr Ziel zu sein. So schnell es ging, erhob Marek sich wieder, checkte kurz, ob nicht noch von woanders Gefahr drohte, und rannte los.

Da die Gruppe von vorn anrückte, lief er erst ein Stück in die Richtung, aus der er gekommen war, und bog dann in eine Gasse, die ihn an die rückwärtige Fassade des Kinocenters führte. Dort hielt er kurz inne, um Luft zu schöpfen. Und plötzlich war die Angst da, begannen seine Finger unkontrolliert zu zittern. Er zwang sich, so gut es ging, zur Ruhe, zerrte den Whiskey aus dem Rucksack und nahm einen tiefen Schluck.

Nachdem das Brennen in Kehle und Magen seine wohltuende Wirkung entfaltet hatte, erwog er ein weiteres Mal, nach Hause zurückzukehren. Aber zu Hause war *nichts* – von der angebrochenen Flasche Merlot mal abgesehen. Sicher, es bestand nach wie vor die Option einer ausgedehnten Orgie in Sachen Handbetrieb. Was aber, wenn der Strom ausfiel (was ja so unwahrscheinlich nicht war)? Wenn youporn und Konsorten plötzlich nicht mehr zur Verfügung standen? Nein, ihm blieb nur die Hoffnung auf Renés Drogenreserven. Also weiter. Und das am besten erneut im Laufschritt. Wenn er eine mittlere Geschwindigkeit wählte, müsste die Strecke locker zu schaffen sein. Ein Innehalten wie bei dem verletzten Jugendlichen würde es jedenfalls nicht mehr geben, egal, wer oder was ihm begegnete. Mit dieser festen Absicht setzte er sich wieder in Bewegung.

Er hielt den Blick geradeaus gerichtet und machte, wenn es irgend ging, einen Bogen um andere Zweibeiner. Und so schaffte er die sechs oder sieben Kilometer tatsächlich unbehelligt und ohne Zwischenstopp, wenn er auch ein-, zweimal meinte, am Rand seines Sichtfeldes weitere Opfer liegen zu sehen, aber das hätten auch Betrunkene oder Menschen im Drogenrausch sein können. Einmal versuchte ihm jemand, der sich in einer Toreinfahrt verborgen und den er deshalb zu spät gesehen hatte, einen Hieb zu versetzen. Vielleicht hatte er sich den misslungenen Schlag aber auch nur eingebildet. In der Panik, die ihn seit dem Zusammentreffen mit der knüppelschwingenden Horde begleitete, konnte aus einer flehenden Hand schnell eine Faust werden.

Andere Bilder ließen sich weniger leicht beiseiteschieben. Etwa der wie entfesselt klagende und greinende Alte, der einen kopflosen Hundekörper hinter sich herzog. Oder die zerbeulte Luxuskarosse, die mit hoher Geschwindigkeit auf dem Parkplatz neben dem mit Sperrholzplatten verrammelten Gewerkschaftshaus herumkurvte und dabei immer wieder in die dort abgestellten Fahrzeuge krachte.

Motorisierter Verkehr, also motorisierter Verkehr, der diesen Namen auch verdiente, war dagegen kaum zu beobachten. Und die wenigen PKW, die noch unterwegs waren, schlichen eher, als dass sie fuhren, was einfach daran lag, dass die Straßen mit einer Vielzahl an Hindernissen gespickt waren. Alle paar Meter fanden sich Dinge, die beim Plündern zurückgelassen worden oder im Zuge irgendeines Zerstörungswerks auf den Asphalt geraten waren. Daneben gab es immer wieder zumeist behelfsmäßige Barrikaden, für deren Errichtung man auf Müllcontainer und Baustellenabsperrungen zurückgegriffen hatte. Vor allem aber erschwerten Autos, die mitten auf der Fahrbahn abgestellt und verlassen worden waren, ein Durchkommen. Was deren Besitzer zu diesem Schritt bewogen hatte, darüber konnte Marek nur rätseln. Vielleicht gab der geplünderte Rettungswagen, den er auf der Kreuzung Stresemannallee / Troplowitzstraße entdeckt hatte, den Lösungsweg vor.

Alle weiteren Eindrücke fügten sich nahtlos ein in das neue, beängstigenden Szenario, zu dem die Stadt, die Marek zeitlebens als Garant für Wohlstand und Zufriedenheit empfunden hatte, so unvermittelt mutiert war: zertrümmerte Bushaltestellen, zerschlagene Schaufenster, ausgebrannte Imbissbuden. Die Apokalypse war das sicher noch nicht, aber doch ein Beleg dafür, dass die Nachricht von dem, was dem Planeten bevorstand, bereits ihre Kreise gezogen hatte. So paradox es auf den ersten Blick auch scheinen mochte, reichte offenkundig der *Glaube* an das Ende der Welt schon aus, um sie ins Chaos zu stürzen. Was für ein bitteres Erwachen das geben würde, wenn sich in letzter Sekunde doch noch alles zum Guten …

Die Menschen, denen Marek unterwegs begegnete, schienen an diese Möglichkeit keinen Gedanken mehr zu verschwenden. Sie bewegten sich ausnahmslos mit schnellem Schritt, hasteten oder rannten wie er selbst, als ob der finale Gongschlag jede Sekunde ertönen konnte. Auf eine größere Gruppe war er zum Glück nicht noch mal getroffen.

Und nun stand er also vor dem Mietshaus, in dem René sein von Wollust und Rausch diktiertes Dasein fristete, und unterdrückte den Impuls, sich weiteren Tullamore in den Hals zu gießen.

Dass auf sein Klingeln keine Reaktion folgte, hatte er erwartet. Und so zögerte er nur kurz, bevor er es direkt nacheinander bei allen anderen Bewohnern probierte. Auch diesmal war der Erfolg gleich Null. Weder wurde der Türöffner betätigt, noch erklang die Gegensprechanlage. Letzteres hätte ihn wahrscheinlich ohnehin nicht weitergebracht. Denn was hätte er sagen sollen? *Guten Abend, hier ist der apokalyptische Pizzabote. Ich habe ein allerletztes Gratisangebot für Sie. Zweimal Pizza Fegefeuer, einmal Pizza Massengrab?* Verdammt, was dachte er da?! Er musste sich jetzt fokussieren, musste irgendwas auftreiben, mit dem er die Haustür zertrümmern konnte. Dankenswerterweise war das gute Stück beinah vollständig verglast.

Er wandte sich ab und bewegte sich, in der Hoffnung, irgendeinen schweren, aber handlichen Gegenstand zu finden, ein Stück den Bürgersteig hinauf.

Da er währenddessen den Blick auf den Rinnstein gerichtet hielt – ein loses Abfluss-Gitter hätte ja schon genügt –, erreichte das kratzende Geräusch im ersten Moment nur die äußeren Bezirke seiner Wahrnehmung. Als er sich dann aber doch umdrehte, blieb ihm vor Schreck fast das Herz stehen. Ihm gegenüber, auf der anderen Seite des Schaufensters einer Blumenhandlung, stand ein Mann, ein biederer Typ in weißem Hemd und Pullunder, der die gespreizten Finger beider Hände über das Glas zog wie ein Scheintoter, der wieder zu sich gekommen war und nun verzweifelt versuchte, seinem Sarg zu entkommen. Dass er mit diesen Moves nicht erst vor ein paar Minuten angefangen hatte, davon zeugte die Blutspur, die sich bereits an der Scheibe gebildet hatte.

Wenn es überhaupt noch eines Beweises bedurft hätte, dass die Welt komplett aus den Fugen geraten war, dann war es diese schauerliche Performance – und natürlich das abgrundtiefe Entsetzen in den Pupillen des Freaks, der, während er sich am Glas abarbeitete, vollständig durch Marek hindurch zu blicken schien.

# 3

Bewaffnet mit einem angekohlten Kantholz, das er aus den Resten einer heruntergebrannten Barrikade gezogen hatte, stand Marek schließlich wieder vor Renés Haus. Seiner Motivation, sich von der Straße wegzubegeben, hatte der Anblick der unheimlichen Figur im Schaufenster noch einmal einen Schub verpasst.

Der Stoß, den er gegen den Glaseinsatz der Tür führte, besaß denn auch die nötige Wucht und erzielte gleich beim ersten Mal das gewünschte Ergebnis: ein tennisballgroßes Loch, von dem aus sich in alle Richtungen Risse ausbreiteten. Das Zersplittern des Glases und das Geräusch der herumfliegenden Scherben lösten für den Bruchteil einer Sekunde Fluchtinstinkte aus, dann machte sich Marek bewusst, dass es ihm herzlich egal sein konnte, ob einer der Hausbewohner sein Tun gehört oder beobachtet hatte. Es gab plötzlich so allerlei, das keine Rolle mehr spielte. Eine Erkenntnis, in deren Kielwasser zu Mareks Erstaunen reichlich Dopamin herantrieb. Er kam sich mit einem Mal regelrecht verwegen vor, und fast hätte er sich dazu verleiten lassen, einen Schrei ins Treppenhaus zu schicken, irgendeine simple Beleidigung, die all den Feiglingen, die seit seinem ersten Klingeln wahrscheinlich ängstlich hinter ihren Couchgarnituren kauerten, angezeigt hätte, dass er nun gleich zu ihnen vordrang.

Mithilfe des Holzes entfernte er weitere Stücke der Scheibe, bis er gefahrlos durch die Öffnung schlüpfen konnte. Dann lief er in den zweiten Stock, wo ihn die altbekannte, unsagbar scheußliche Fußmatte empfing, die so tat, als wäre sie ein Teil von Hollywoods Walk of Fame, natürlich mit Renés Vor- und Nachnamen als Inschrift des fünfzackigen Sterns. Fehlender Geschmack und ein übersteigertes Ego – wenn je ein Fußabtreter den Charakter seines Besitzers perfekt beschrieben hatte, dann dieser hier. Leider war Renés Ego nicht so groß, dass es ihm den Gedanken *bei mir traut sich ohnehin niemand rein* eingegeben und damit erlaubt hätte, die Tür offenstehen zu lassen. Marek betätigte auch hier die Klingel, und wieder tat sich das, was zu erwarten gewesen war, nämlich nichts.

Was jetzt? Noch hatte er nichts erreicht. Was, wenn René verschwunden war? Oder schlimmer noch: Was, wenn René *nicht* verschwunden war, sich stattdessen, in welcher Form auch immer, bewaffnet hatte und nur darauf wartete, einen Eindringling vor die Flinte zu bekommen? Was, wenn Marek in die Wohnung gar nicht erst reinkam? Er beugte sich vor und legte sein Ohr ans Türblatt. Nichts zu hören – aber was hieß das schon …? Zumindest hieß es, dass die Bude nicht gerade von einer Partymeute bevölkert wurde. Also los! Er lehnte das Kantholz gegen die Wand, zog das Portemonnaie aus der Gesäßtasche und fingerte seine EC-Karte heraus. Wenn man der vorherrschenden Meinung Glauben schenken durfte, sollte es damit ja nicht allzu schwer sein, eine Tür zu knacken, zumindest, wenn sie nicht abgeschlossen war.

Er ging in die Hocke, steckte das kleine Stück Plastik in den Spalt zwischen Tür und Rahmen und schob es langsam nach oben. Von Erfolg gekrönt war das nicht. Schon bald war der metallene Riegel zu spüren, dessen Widerstand sich weder mit Kraft noch durch hektisches Drehen der Karte überwinden lassen wollte. Marek wiederholte das Manöver. Dann versuchte er es von oben nach unten. Nichts. War also doch nicht so einfach, wie allgemein behauptet. Oder war er schlicht zu dämlich?

Er überlegte bereits, ob er es mit dem Kantholz probieren oder die Schulter nehmen sollte wie einer dieser kernigen TV-Ermittler, als die Tür mit einem Mal aufschwang und den Blick auf eine Frau freigab. Noch bevor Marek deren Äußeres näher ins Auge fassen konnte, schoss schon etwas auf ihn zu. Er vernahm ein aggressives, zischendes Geräusch, dann war da nur noch Schmerz auf dem Kommandodeck. Ein Gefühl, als würde die obere Gesichtshälfte auf glühendheiße Saunasteine gedrückt. Pfefferspray. Oder CS-Gas. Oh, Lord, wie das brannte! Instinktiv versuchte er seiner

Gegnerin einen Schlag zu versetzen, aber die war anscheinend zurückgewichen, jedenfalls ging der Schwinger ins Leere. Marek geriet darob ins Taumeln, stieß mit der Schulter gegen etwas Hartes und fand sich gleich darauf auf dem Boden wieder. Im selben Atemzug kassierte er auch schon einen Tritt gegen die Schläfe.

»Bitte nicht«, hörte er sich wimmern, während er die Arme schützend vor sein Gesicht brachte.

Erstaunlicherweise ließ die Frau tatsächlich von ihm ab. Wenn es denn wirklich eine Frau war. Angesichts der Heftigkeit der Attacke war Marek sich nicht mehr sicher.

Sein erster Impuls war liegenzubleiben, so lange in der Embryonalstellung zu verharren, bis die Gefahr endgültig gebannt war. Aber das Brennen in seinen Augen hatte nichts von seiner Heftigkeit verloren und trieb ihn in die Höhe. Er brauchte Wasser, er brauchte ein Waschbecken. Mehr tastend als sehend kämpfte er sich in die Küche vor.

Nachdem er den Hahn an der Spüle aufgedreht und damit begonnen hatte, sich das lindernde Nass mit beiden Händen ins Gesicht zu schaufeln, plötzlich dieser Gedanke: Was, wenn der Reizstoff sich bereits in die Netzhaut gefressen hatte? Wenn ein *bleibender* Schaden entstanden war? Unabhängig davon, dass *bleibend* in der aktuellen Situation nicht mehr die ganz große Zeitspanne beschrieb, verspürte er wenig Lust, den Rest seines Lebens als Maulwurf zu verbringen. Bei dieser Vorstellung hätte er fast aufgelacht, zwang sich aber, die aufkeimende Hysterie in den Griff zu bekommen. Er musste schnellstmöglich raus

aus der Wohnung, bevor die (oder der) Irre sich ihn noch einmal vornahm.

Nachdem er sich von der Spüle gelöst und Richtung Flur in Bewegung gesetzt hatte, eine erste Entwarnung. Sein Sehvermögen war dabei, zurückzukehren, und auch der Schmerz hatte etwas nachgelassen.

Im Flur wollte er schon nach rechts, wo der Ausgang auf ihn wartete, als er aus dem Wohnzimmer ein Poltern vernahm. Und plötzlich regierte die Neugier. Vor allem eine Frage war es, die mit Macht an die Pforte seines Bewusstseins klopfte: Wo steckte René? Denn wer auch immer ihn da gerade angegriffen hatte, René war es nicht gewesen. Der war deutlich größer und vor allem weit weniger schmal um die Hüften. Spontan fasste Marek den Entschluss, wenigstens einen kurzen Blick ins Wohnzimmer zu werfen. Umdrehen und weglaufen konnte er immer noch.

Er schlich, was nicht notwendig gewesen wäre, da sich das Poltern und Scheppern fortsetzte, bis zum Türpfosten und schob langsam den Oberkörper vor.

Die Frau – dass es eine war, hätte sich beim Anblick der beiden orangerotgefärbten, eng am Kopf anliegenden Zöpfe und der alles andere als knabenhaften Figur nur noch schwerlich leugnen lassen – hatte ihm den Rücken zugekehrt und war gerade dabei, eine Schrankwand auszuräumen. Und da war ja auch endlich René. Er hing in den Polstern seines überdimensionierten Angeber-Sofas und hatte die Augen geschlossen. Sah aus, als ob er schlief. Was bei dem Lärm, den die Braut veranstaltete, recht merkwürdig wirkte. Na, wahrscheinlich war er zugedröhnt. Für diese These sprach auch, dass sein Schwanz aus der Hose lugte, übrigens ein ziemlich mickriges Teil, regelrecht bedauernswert.

Marek richtete seine Aufmerksamkeit wieder auf die weibliche Erscheinung. Wenn die hier in Ruhe die Bude ausräumen wollte, was ja mehr als offensichtlich war, stellte sich die Frage, warum sie ihm die Tür geöffnet hatte. Die Antwort gab sie selbst, als sie nur einen Augenblick später herumwirbelte und mit einer fließenden Bewegung einen wuchtigen Tritt in Renés Magengegend landete: Sie war offenkundig geistesgestört (was mittlerweile wohl als Normalzustand der menschlichen Spezies betrachtet werden musste).

»Ey!« Marek ließ alle Vorsicht fahren und trat in den Raum.

Sie wandte sich abrupt um und musterte ihn, als ob sie ihn nie zuvor gesehen hätte, hatte aber gleich darauf schon wieder ihr Pfefferspray in der Hand.

»Ey«, wiederholte Marek, »lass meinen … lass René in Ruhe!«

Als er die Angriffslust in ihren Augen sah, bereute er seine Kühnheit augenblicklich. Und er bereute sie noch mehr, als Renés Oberkörper plötzlich vornüber kippte und den Blick auf eine hässliche Wunde am Hinterkopf freigab. Marek musste an den Typen denken, dem sie die Klobürste ins Ohr gerammt hatten, und wie kalt ihn das gelassen hatte. Das hier war anders, realer, fleischiger irgendwie. Wie die Produktpräsentation in einer Wurstfabrik. Er spürte Übelkeit aufsteigen.

Ob René tot war? Als würde sie seine Gedanken lesen können, beantwortete die Rothaarige auch diese Frage:

»Der ist im Arsch. Wollte den Stoff nicht raustun.« Und dann mehr zu ich selbst: »Nichts raustun, aber reinstecken wollen … Hey«, sie richtete ihre Aufmerksamkeit wieder auf Marek »hast du vielleicht was dabei?«

»Nein, ich bin selber auf der Suche«, sagte er und hätte sich im gleichen Atemzug am liebsten auf die Zunge gebissen. Was redete er mit der Irren? Solange ihm nichts eingefallen war, das ihm aus dieser Situation heraushalf, sollte er besser das Maul halten.

Sie musterte ihn eindringlich.

»Gut, dann suchen wir zusammen.«

Na, wunderbar. Da war er ja schon, der Preis, den er für seine Schwatzhaftigkeit zu zahlen hatte.

»Ich bin Kyra.« Sie hielt ihm die Hand hin, was in Verbindung mit ihrem jugendlichen Äußeren seltsam altmodisch anmutete. Sie trug nicht nur in jedem Ohr einen dieser sogenannten Tunnel, sondern hatte sich auch die Nasenscheidewand durch ein Piercing verunstalten lassen. Marek schätzte sie auf irgendwas zwischen fünfundzwanzig und dreißig.

Während er kleine, fast noch kindlich wirkende Finger ergriff und sich seinerseits vorstellte, blitzte der Gedanke auf, dass er noch nie jemandem die Hand hatte schütteln müssen, der kurz davor einen Menschen getötet hatte. Denn dass sie es war, die René auf dem Gewissen hatte, stand wohl außer Frage. Weit fraglicher war dagegen, inwieweit Mord überhaupt noch ein Verbrechen darstellte, wenn ohnehin bald jeder sterben oder zumindest elendiglich dahinvegetieren musste. Abgelöst wurden diese Überlegungen von der Erkenntnis, dass die Mörderin, mit der er es hier zu tun hatte, verdammt hübsch war. Ebenmäßige Gesichtszüge, tiefgrüne Augen, üppige Brüste.

Und noch etwas fiel ihm auf, das er bisher übersehen hatte. Sie war schwanger. Unter ihrem ausladenden Dekolleté wölbte sich ein Bäuchlein, das keinen anderen Schluss zuließ. Marek kannte sich mit derlei Dingen nicht aus, hätte aber spontan auf den sechsten oder siebten Monat getippt. Krass, dass sie trotzdem auf Drogen aus war. Aber gut, auch das Wohl eines Ungeborenen spielte natürlich keine Rolle mehr, wenn alles vor die Hunde ging.

Sie unterbrach seinen Gedankengang.

»Nimm du dir die Plattensammlung vor«, wies sie ihn an. »Ich mache hier weiter.«

Vielleicht war das mit der gemeinsamen Suche nach Stoff gar keine so schlechte Idee, dachte Marek, während er damit begann, LP-Hüllen aus dem Regal zu ziehen. Wenn er sich nicht allzu blöd anstellte, würde sich früher oder später eine Gelegenheit ergeben, sich still und heimlich abzusetzen, und mit ein bisschen Glück fand er vorher tatsächlich noch eine von Renés Notrationen.

Erst einmal grub er allerdings eine miese Scheibe nach der anderen aus, hauptsächlich Dancefloor und Mainstream-Hip-Hop aus den 90ern. Das meiste davon wohl eher um des Besitzes willen als aus Leidenschaft erworben. Genau wie die Turnschuhe, die René in rauen Mengen gehortet hatte, fast alle ungetragen und noch in Originalkartons verpackt. Die würden sie sich auch noch vornehmen müssen, wenn sie vorher nichts fanden.

Marek war so vertieft in sein Tun – Platte aus dem Regal nehmen, Innenhülle herausziehen, Außenhülle mit der Öffnung nach unten halten und kurz schütteln –, dass er erschrak, als er mit einem Mal Kyras Hand auf seiner Schulter spürte. Aber sie hatte nichts Böses im Sinn. Im Gegenteil.

»Auch einen?« Sie hielt ihm ein Glas unter die Nase.

Er griff zu und nahm einen Schluck. Gin Tonic, mit einer deutlichen Betonung auf Gin. Anscheinend hatte sie sich an Renés Bar bedient. Na ja, *Bar*. Der Ausdruck war für die drei, vier Flaschen Standardalk, die René normalerweise bereithielt, vielleicht ein bisschen hoch gegriffen.

Einen Anlass, die Suche länger zu unterbrechen, stellte der Drink für Kyra nicht dar. Sie leerte ihr Glas in zwei schnellen Zügen, schmiss es der Einfachheit halber in eine Zimmerecke und machte sich alsdann daran, die Couch auseinanderzunehmen. Auch Marek setzte sein Werk fort. Er wusste schließlich, wofür er sich anstrengte.

Von Erfolg gekrönt waren seine Bemühungen allerdings nicht. Nach etwa zwanzig Minuten lag zwar die letzte Schallplatte auf dem Fußboden, berauschende Substanzen hatten sich jedoch keine angefunden. Kyra hatte ihre Suche fürs Erste ebenfalls eingestellt, wie Marek feststellte, nachdem er den letzten Schluck Gin Tonic genommen und sich zur ihr umgedreht hatte. Sie hatte sich vors Sofa gehockt, den Rock ein Stück nach oben geschoben, hielt mit der Rechten den Slip beiseite und … pisste, ja, zur Hölle noch mal, *pisste*, ohne auch nur einen Hauch von Schamgefühl zu zeigen, auf den Teppich. Mit Renés Leiche im Hintergrund sah das mehr als bizarr aus. Gleichzeitig besaß es aber auch etwas unbestreitbar Erregendes. Marek schaute schnell wieder weg, tat so, als ob er noch eine letzte LP-Hülle zu kontrollieren hätte. Himmel, warum machte sie das bloß? Weil sie ihn nicht aus den Augen lassen wollte? Sie selbst ließ den Vorgang unkommentiert und sagte stattdessen, nachdem er gefühlte fünf Minuten lang ein und dasselbe Cover untersucht hatte, als wäre er ein gottverdammter Autist: »Hilf mir mal.«

Noch bevor er bei ihr war, hatte sie schon Renés Handgelenke gepackt und damit begonnen, den erschlafften Körper zur Seite zu zerren.

»Muss das sein?«, protestierte Marek, griff aber bereitwillig unter Renés Achseln.

Längst nicht so schwer wie erwartet, der Leichnam, dachte er, nachdem sie René auf den Teppich bugsiert hatten, genau dorthin, wo Kyra gerade noch ihren Urin abgesetzt hatte. In Krimis taten sie ja immer so, als würden Tote ihr Gewicht glatt verdoppeln.

»Jede Wette, dass der mit seinem haarigen Arsch genau auf einem ordentlichen Batzen Stoff gehockt hat«, sagte Kyra und fing an, mit einem Teppichmesser, das in einer ihrer vielen Gürteltaschen gesteckt hatte, die Polster aufzuschlitzen. Sie sollte sich irren. Außer einem nicht enden wollenden Strom an Schaumstoff-Flocken förderte die Aktion nichts zutage.

Vielleicht gab es ja auch einfach nichts mehr zu finden. Vielleicht hatte der Hausherr mit Blick auf die trübe Zukunft selbst noch das kleinste drogenhaltige Krümelchen, dessen er hatte habhaft werden können, in seinen Leib überführt. Ein Blick auf die Glasplatte des Beistelltischs untermauerte diese These. Dort lagen zwar eine Rasierklinge, zwei abgeschnittene Plastikhalme sowie ein aufgerissenes durchsichtiges Tütchen, von weißem Pulver existierte jedoch nicht mal der Hauch einer Spur.

Kyra schien die Lage nicht ganz so hoffnungslos zu beurteilen.

»Los, dann in die Küche«, befahl sie.

Während sie Seite an Seite Geschirr aus den Regalen fegten, konnte Marek seine Neugier nicht länger im Zaum halten: »Hat René dich eigentlich …? Wollte er … also mit Gewalt? Passen würde es ja zu ihm.«

Sie hielt inne, aber statt zu antworten, musterte sie ihn derart eindringlich von der Seite, dass er sich schließlich gezwungen sah, eine leise Entschuldigung zu murmeln. Danach machten sie schweigend weiter, wobei insbesondere Kyra immer rabiater vorging. Das lag natürlich in erster Linie an ihrer zunehmenden Verzweiflung, aber sicher auch daran, dass sie im steten Rhythmus weiteren Gin Tonic in sich hineinkippte, wobei sie nach wie vor die Regel einhielt, pro Drink ein Glas zu zerstören. Marek hielt sich dagegen zurück, was insofern leichtfiel, als sie ihm ohnehin nichts mehr anbot.

Nachdem sie sich bis ins Schlafzimmer vorgearbeitet hatten, riss Kyra, um zu checken, ob etwas auf deren Rückseite befestigt war, die Kleiderschränke der Einfachheit halber um. Da sie auch wieder ihr Messer zum Einsatz brachte, diesmal, um Decken und Matratzen aufzuschlitzen, sah es um sie herum bald aus wie bei einem aus dem Ruder gelaufenen Kindergeburtstag; nur die Stimmung war deutlich schlechter.

»Scheiße, das Ding ist gelaufen. Der Affe war cleverer, als ich gedacht habe.« Unmotiviert schüttelte Kyra die letzten Daunen aus einem zerfetzten Kissenüberzug. Dann sagte sie: »Ich hau ab.«

Marek registrierte erstaunt, dass sie kein bisschen betrunken wirkte.

Im nächsten Moment dämmert ihm, dass ihre Absicht, ihn wieder sich selbst zu überlassen, keinen Grund zur Freude darstellte. Gut, sie war offenkundig gewalttätig, hatte ihn bedroht und all das. Aber sie war auch der einzige Mensch, der, was seine Jagd nach Rauschgift betraf, wenigstens eine minimale Aussicht auf Erfolg versprach. Denn was hatte er sonst für Möglichkeiten? Er konnte in dem Chaos, das sie in Renés Räumlichkeiten angerichtet hatten, weiter herumstochern wie ein hungriges Kind in einem Berg aus Industrieabfällen. Oder losziehen und es auf gut Glück in den von Wahnsinn und Terror beherrschten Straßen versuchen. Beides schien von vornherein zum Scheitern verurteilt.

Hastig, bevor sie sich zum Gehen wenden konnte, sagte er: »Hey, warte, ich komme mit. Ich kann dir helfen, falls du in Schwierigkeiten gerätst.«

Das Lächeln, mit dem sie ihn bedachte, war derart verächtlich, dass es einen Pornohengst von eben auf gleich zum Kastraten gemacht hätte.

»Im Ernst, ich hab mal Kampfsport gemacht. Außerdem spreche ich mehrere Sprachen und ich kann mit Computern umgehen.« Himmel, was erzählte er da! Die einzige Fremdsprache, die er beherrschte, und das mehr schlecht als recht, war Englisch; seine Kampfsporterfahrungen beschränkten sich auf anderthalb Jahre Judo – im Alter von sechs oder sieben wohlgemerkt – und was die angeblichen Computerkenntnisse anging, waren es hauptsächlich Grafikprogramme, die er beherrschte. Davon ab: Was war das hier? Ein Bewerbungsgespräch?

Erstaunlicherweise schien die letzte seiner dreisten Behauptungen ihren Widerstand jedoch aufzuweichen. Man sah den Sinneswandel in ihrem Gesicht, das ohnehin nur schwer etwas verbergen konnte. Die spöttisch gehobene Augenbraue senkte sich wieder und machte für einen kurzen Moment einem Ausdruck aufrichtigen Erstaunens Platz. Dann sagte sie: »Okay, ich nehm dich mit.«

Beim Rausgehen schnappte sich Marek seinen Rucksack, der ihm nach Kyras Pfeffersprayattacke von der Schulter gerutscht war. Kyra hatte nichts bei sich außer einer geöffneten Flasche Gorbatschow. Der Gin war wohl alle.

# 4

Obwohl Marek genau wusste, dass die Antwort dürftig ausfallen würde, konnte er sich die Frage nach dem Ziel ihrer Expedition nicht verkneifen.

Kyra enttäuschte ihn nicht.

»Lass dich überraschen«, war alles, was sie sagte.

Sie waren mittlerweile etwa einen halben Kilometer weit gelaufen und dabei mit nichts konfrontiert worden, was unter die Rubrik »besondere Vorkommnisse« gefallen wäre. Ein paar verängstigte Visagen, die versucht hatten, möglichst unbemerkt an ihnen vorbeizuhuschen – mehr nicht. Nun aber stießen sie auf eine Ansammlung von Menschen, die sich alles andere als unauffällig benahmen.

Gute zwei Dutzend waren es, die sich auf der vor ihnen liegenden Kreuzung exponierten, ja, teils in regelrechter Raserei herumfuhrwerkten. Durchgeknallte Christen, das war unschwer an den Holzkreuzen zu erkennen, die viele von ihnen mit sich führten. Vielleicht Zeugen Jehovas, die nun endlich das Ereignis feiern konnten, auf das sie über hundert Jahre gewartet und gewachturmt hatten. In jedem Fall hatten sie sich zünftig kostümiert. Fast alle trugen Gewänder – gerne in Rot und gerne zerfetzt –, unter denen zumeist nichts weiter als die nackte Haut zu sehen war. Einige hatten sich Dornenkronen aufgesetzt, die trefflich mit den blutigen Wunden korrespondierten, die sie sich unter Zuhilfenahme aller nur erdenklichen Geißelinstrumente zugefügt hatten. Ein bulliger Typ mit besonders entrückter Miene ließ unentwegt ein Stück Schnur auf seinen Rücken niederfahren, an dem sicher an die hundert Angelhaken befestigt waren. Eine Dame fortgeschrittenen Alters hatte sich das komplette Gesicht mit einem Topfreiniger zerkratzt und schickte sich nun an, ihrem Dekolleté dieselbe Prozedur angedeihen zu lassen. Einer hielt ein Schild mit der Aufschrift *Herr, zertritt mich!* in die Höhe. Ein anderer hatte sich die Botschaft *Handlanger des Bösen* um den Hals gehängt. Natürlich schrien alle wild durcheinander, klagten ihre Sünden oder priesen das nahende Paradies oder was auch immer. Details waren in der allgemeinen Kakophonie keine zu verstehen.

Kyra zeigte sich von diesem fleischgewordenen Hieronymus Bosch-Gemälde gänzlich unbeeindruckt und schob die Menschen beiseite, als würde sie sich auf einem x-beliebigen Rockfestival den Weg Richtung Bühne bahnen. Marek folgte ihr, wie man jemandem folgt, der einen sicheren Pfad durchs Moor gefunden hat.

Aber wie auch das Moor immer wieder heimtückischen Veränderungen unterliegt, verschob sich mit einem Mal die Wahrnehmung der Menge. Sie waren fast schon hindurch, als sich einer der Irren mit der Rechten in Kyras Oberarm krallte. Mit der anderen Hand entriss er ihr die Flasche, die er gleich darauf triumphierend in die Höhe hielt.

»Seht her! Sehet die trunksüchtige Dirne!«, geiferte er. Und, mit einem boshaften Lächeln auf den Lippen, direkt an Kyra gewandt: »Du wirst heute noch brennen, du Hure Babylons.«

Die *trunksüchtige, babylonische Hure* gab dem närrischen Bastard, was er verdiente, und sprühte ihm aus nächster Nähe eine ordentliche Ladung Pfeffer in die Fresse. Schien eine Spezialität von ihr zu sein.

Der Getroffene drehte sich brüllend weg, womit die Angelegenheit als erledigt hätte betrachtet werden können, wenn sich nicht weitere Spinner – angespornt von den Worten des ersten – auf Kyra gestürzt hätten. Schon war ein älteres Pärchen bei ihr und zerrte hasserfüllt an ihren Klamotten, andere drängten den beiden nach. Ohne zu überlegen, verpasste Marek dem weiblichen Teil des Duos, einer aufgeschwemmten Vettel in einer besonders freizügigen Tunika, einen Tritt in den einladend geröteten Hintern. Da es Kyra zeitgleich gelang, den Begleiter der Furie abzuschütteln – wie genau, konnte Marek nicht erkennen (er sah den Typen, dessen lichtes, graues Haar in fettglänzenden Streifen an der Kopfhaut klebte, nur kurz das Gesicht verziehen und gleich darauf zusammenklappen wie ein Aktenordner in der Hand eines besonders motivierten Staatsanwalts) –, war ihr Entkommen nur noch Formsache. Sie zog einen Sprint an und hatte schon nach wenigen Augenblicken einen sicheren Abstand zwischen sich und die entfesselte Meute gebracht.

Dafür sah sich Marek nun plötzlich von diversen Angreifern umringt. Ihre genaue Anzahl war genauso wenig auszumachen wie Einzelheiten in ihren Gesichtern. Umso deutlicher waren ihre Stimmen zu vernehmen und ihre Tritte und Stöße zu spüren.

»Ketzer«, »Bockmelker«, »Judas«, »zurück in die Hölle mit dir«, zischelten und wisperten sie, während sie ihm von allen Seiten aus zusetzten.

Eine unendliche Sekunde lang glaubte Marek, dass es ihnen gelänge, ihn zu Fall zu bringen. Panik flutete sein Gehirn. Denn das würde das Ende sein. Nichts und niemand würde diese verblendeten Kretins stoppen, bevor sie aus seinem Leib nicht ein Tausend-Teile-Puzzle gemacht hätten. Aber aus der Todesangst erwuchs eine Kraft, wie er sie an sich selbst noch nie erlebt hatte. Er stieß und schlug, er kratzte und spuckte, und irgendwie schaffte er es. Nach einer Zeitspanne, von der er nicht hätte sagen können, ob sie zwanzig Sekunden oder zwanzig Minuten betrug, hatte er auch den letzten seiner Häscher abgeschüttelt. Nun war es an ihm, seine Sprintqualitäten unter Beweis zu stellen.

Nachdem er sicher sein konnte, dass ihm niemand nachsetzte – um die Fitness des Christenpacks war es offenbar nicht zum Besten bestellt –, war er kurz davor, einen Jauchzer gegen die Wände der ihn umgebenden Häuserschlucht zu schicken. Aber die Erleichterung währte nur kurz, genauer: bis sich die Frage in sein Bewusstsein bohrte, wo Kyra steckte. Auf ihn gewartet hatte sie jedenfalls nicht. Und das war richtig bitter. Denn was nützte es, sein Leben, besser: den *letzten kurzen Rest* seines Lebens gerettet zu haben, wenn er seine Lotsin verloren hatte, seine Eintrittskarte ins Reich der Selbstüberschätzung, der endlos rotierenden Diskokugeln und dem Fehlen jedweder Furcht.

Marek wurde wütend. Denn, hey, war nicht er es, der ihr gerade den Arsch gerettet hatte?! Ohne ihn wären diese mordlüsternen Eiferer wahrscheinlich gerade dabei, ihr die Finger- und Fußnägel mit der Kneifzange zu ziehen. Hatte er sich also eine bescheidene Gegenleistung nicht mehr als verdient?

Gerade als er sich so richtig in seinen Zorn hineingesteigert hatte, entdeckte er sie. Das heißt, zuerst einmal war es ihre Stimme, die er vernahm. Das überraschend laute Organ führte ihn auf den Hof einer Spielhalle, deren Vorderseite vollständig mit Brettern vernagelt war, was die Leuchtreklame nicht davon abhielt, *Gewinne satt* zu versprechen. Kyra hatte sich dort vor einer Stahltür aufgebaut und verlangte einen gewissen Ramon zu sprechen.

»Ramon, mach auf, du Ochse!«, brüllte sie und ließ ihre Faust gegen das Metall fliegen. »Sonst fackel ich dir die scheiß Hütte unterm Arsch weg.«

Marek zweifelte keine Sekunde daran, dass sie ihre Drohung wahrmachen würde. Sie war derart in Rage, dass er ihr zweimal auf die Schulter tippen musste, bevor sie sein Erscheinen bemerkte. Sonderlich erfreut schien sie nicht darüber.

»Sieh mal an«, sagte sie nur. »Ich dachte, du hättest dich entschlossen, mit dem Bibelkreis weiterzufeiern.«

Er zwang sich, diese Kränkung – wie auch seinen restlichen Ärger – kommentarlos hinunterzuschlucken. Er brauchte sie noch. Stattdessen sagte er: »Dieser Ramon, ist das der, der uns …«

»Ja, das ist der Penner. Ein noch größeres Arschloch als dein toter Freund.«

»Aber er macht nicht auf.«

»Gut erkannt, Watson.«

*Watson?* War das etwa der Versuch, witzig zu sein?! Marek entschied, auch das zu ignorieren.

»Und was jetzt?«

»Wir warten. Früher oder später kommt er raus. Er pisst immer zwischen die Müllcontainer dahinten.« Sie zeigte auf eine Reihe schwarzer Plastiktonnen. Und dann, als ob diese Auskunft unbedingt einer Erklärung bedurfte: »Das Klo drinnen ist schon seit Ewigkeiten kaputt. Komplett zugeschissen.«

Marek stellte sich die Frage, ob dieser Ramon jetzt, wo das Ende der Welt unmittelbar bevorstand, nicht einfach neben sein zugeschissenes Klo pisste. Oder gleich dorthin, wo ihn der Harndrang überkam. So wie Kyra vorhin bei René. Laut sagte er: »Dann warten wir.«

»Aber nicht hier.« Sie zog ihn fort von dem gleißenden Licht der über der Tür angebrachten Wandleuchte und führte ihn zu einem Stapel morscher Europaletten. Dort ging sie in die Hocke, und Marek tat es ihr gleich.

Er verspürte mit einem Mal einen Mordshunger und ärgerte sich darüber, dass er sich nicht bei René am Kühlschrank bedient hatte. Nur gut, dass wenigstens etwas Proviant in seinem Rucksack steckte. Er packte seinen Vorrat aus, brach Stücke vom Brot ab und belegte sie mit Salami und Käse. Kyra wollte nichts.

Kurz dachte Marek daran, ihr den Tullamore zu überlassen, entschied sich dann aber dagegen. Zwar hatten Gin und Wodka ihr nicht wirklich zusetzen können. Aber ein Liter irischer Whiskey obendrauf mochte des Guten vielleicht doch zu viel sein. Und volltrunken nützte sie ihm nichts.

Während er seine Mahlzeit hinunterschlang, rauchte sie zwei Zigaretten. Sie rauchte ohnehin in einer Tour. Für das Kind, das sie im Leib trug, durfte es durchaus als Segen betrachtet werden, dass es seine Lebenstüchtigkeit nicht würde unter Beweis stellen müssen. Verhaltensgestört, begriffsstutzig, krankheitsanfällig – die Chancen, als Opfer in einer Castingshow zu landen, hätten nicht schlecht gestanden.

Schwach hob sich Kyras Profil gegen die Hofbeleuchtung ab. Marek musterte sie verstohlen. Rein äußerlich war sie genau sein Typ (von ihrer Vorliebe für Körperschmuck mal abgesehen). Sie war mehr als hübsch, ja, sie hatte etwas Erhabenes – in ihrem Gesicht wie in ihrer Haltung. Unbestreitbar spielte sie mindestens eine Liga über ihm, aber wenn sie was zum zudröhnen auftrieben, würden sich sicher Möglichkeiten auftun, dieser Schönheit, die ja – mit etwas gutem Willen – durchaus als seine Komplizin betrachtet werden konnte, näherzukommen ... Er zwang sich, seine Konzentration wieder aufs Hier und Jetzt zu richten.

»Denkst du, es wird noch lange dauern?«

»Sicher nicht. Ramon hat ’ne Blase wie ein Zwerghamster.«

Es war keine Minute vergangen, seit sie das gesagt hatte, als die Tür plötzlich aufschwang und den Blick auf eine imposante Erscheinung freigab: ein unglaublich fetter Kerl mit nacktem Oberkörper, der sich den Kristallbehang eines Kronleuchters über Kopf und Schultern geworfen hatte.

»Ist er das?«, flüsterte Marek, obwohl es für das Senken der Stimme keinen nachvollziehbaren Grund gab. Da die Kristalle bei jeder Bewegung wie verrückt klirrten und klimperten, hätte der Fettsack ihn auch nicht hören können, wenn Marek seine Frage durch ein Megaphon geschickt hätte.

»Nein, das ist Glühwürmchen, sein vertrottelter Cousin. Aber das kann uns nur recht sein.«

Der dergestalt Geschmähte war unterdessen Richtung Mülltonnen abgebogen, wo er sich nun breitbeinig positionierte und am Bund seiner Jogginghose zu nesteln begann. Er schickte sich offensichtlich an, seine Blase zu entleeren. Ein Outdoorpisser, auf Hygiene und Sauberkeit bedacht wie sein Anverwandter und das, obwohl der Abpfiff der allerletzten Partie kurz bevorstand. Beeindruckend.

»Dann los«, befahl Kyra und erhob sich.

Sie lief bis zur Eingangstür, die der wandelnde Kronleuchter dankenswerterweise sperrangelweit offen gelassen hatte. Bevor sie das Gebäude betrat, hielt sie noch einmal kurz inne, um einen kurzen Gruß in Richtung ihres Wohltäters wider Willen zu schicken.

»Hey, piss dich mal richtig aus, Herzchen«, rief sie und gönnte Marek, der ihr gefolgt war, den Ansatz eines verschwörerischen Grinsens.

Unter lautem Geklirr riss Glühwürmchen den Kopf herum und spähte durch seinen Prismen-Schleier zu ihnen herüber. Falls ihm eine Entgegnung auf den Lippen lag, erhielt er nicht die Chance sie loszuwerden. Denn Kyra drängte weiter. Sie lotste Marek durch einen dunklen, mit allerlei Kartonagen vollgestellten Flur bis in einen Lagerraum, den zwei verdreckte Neonröhren in schwaches, kaltes Licht tauchten. Deckenhohe Regale voller DVDs und Videokassetten, in der Mitte dieses Sammelsuriums ein billardtischgroßes Gerät, mit dem Marek noch bestens aus Jugendtagen vertraut war. Air-Hockey nannte sich das Spiel, das darauf gespielt wurde.

Am Kopfende des wuchtigen Möbels stand ein drahtiger, mittelgroßer Blondschopf im weißen Feinrippunterhemd, der gedankenverloren einen dicken Filzstift über die glänzende, spiegelglatte Tischplatte führte. Auch wenn Marek sich das dazugehörige Äußere deutlich exotischer vorgestellt hatte (um genau zu sein, hatte er einen Typ wie diesen durchgeknallten Bowler aus *The Big Lebowski* erwartet), konnte das hier nur der bereits erwähnte Ramon sein.

Bei ihrem Eintreten sagte er ohne aufzusehen: »Hast du deinen Kopfschmuck verloren, Dickerchen? Man hört dich gar nicht mehr.«

»Mister Piggy steht noch draußen und sucht nach seinem Schwänzchen«, entgegnete Kyra.

Ruckartig hob Ramon den Kopf und fixierte die beiden Eindringlinge mit feindseligem Blick. So ihn der unerwartete Klang von Kyras Stimme erschreckt haben sollte, war davon nichts zu bemerken.

Als er erkannte, wen er vor sich hatte, erhellte sich seine Miene.

»Sieh an, die appetitlichste aller Nervensägen«, sagte er und ließ ein schmieriges Lächeln aufblitzen. »Und wen hast du uns da mitgebracht? Deinen Yogalehrer?« Er richtete die Spitze seines Eddings auf Marek, nur um den Stift gleich darauf nach hinten über die Schulter zu werfen, wie der Bräutigam das Wodkaglas.

»Das ist …« Kyra drehte sich hilfesuchend um.

»Marek«, ergänzte Marek.

»Ein polnischer Yogalehrer also. Na gut. Was führt euch her?«

»Na, was wohl?!« Kyra klang genervt, hatte spürbar keine Lust auf diese Art von Geplänkel.

Für Ramon kein Grund, seinen überheblichen Plauderton abzulegen.

»Lasst mich raten«, fuhr er unbeirrt fort, »ihr seid auf der Suche nach Manna, dem Treibstoff aller Zeitmaschinen, dem guten, alten Götterfunken.«

»Genau. Hast du was da?«

»Habt ihr Geld?«

Kyra lachte auf.

»Du willst Kohle sehen? Jetzt, wo uns jeden Moment alles um die Ohren fliegen kann. Ist das dein Ernst?«

»Sag bloß, du glaubst dieses Märchen vom Weltuntergang. Ein Komet, der die Erde in ewige Finsternis stürzt. Na klar. Aber vorher regnet es noch Kröten und

Heuschrecken.« Ramon schickte seinerseits ein aufgesetztes Lachen in den Raum. »Das sind doch alles Erfindungen der Systemmedien. Eine gigantische Verschwörung mit dem Ziel, uns diesem unbarmherzigen Sklavenhalter namens Angst noch tiefer in die Arme zu treiben. Ein perfides, bis ins Letzte ausgeklügeltes Umverteilungsmanöver – von unten nach oben, versteht sich. Nicht mehr, aber auch nicht weniger. Und am Ende zählt wieder nur …« Ramon unterbrach seine Ausführungen. Er hatte, während er sich mehr und mehr in Rage redete, ein kleines Plastikröhrchen zum Vorschein gebracht, das er sich nun, nachdem er mit einer routinierten Bewegung den Verschluss entfernt hatte, unter die Nase hielt.

Was auch immer es war, das er da mit einem lauten Schniefen in sein Gehirn steigen ließ, Marek hätte viel dafür gegeben, davon kosten zu dürfen. Gemessen an Ramons Reden musste das Zeug einfach der Burner sein.

»Wo war ich stehengeblieben? Genau, am Ende zählt wieder nur der schnöde Mammon. Also: Habt ihr Geld?«

»Du spinnst doch«, war alles, was Kyra dazu zu sagen hatte.

Sicher verfügte sie über keinerlei Barmittel, jedenfalls keine nennenswerten. Aber auch Marek war dummerweise nicht flüssig. Er hatte zwar sein Portemonnaie einstecken, aber darin befanden sich nicht mal zehn Euro. Warum hätte er auch Geld mit sich führen sollen, wo doch gerade allerorten geplündert wurde?! Apropos: Es gab natürlich Bereiche, für die sich die Plünderer weniger interessierten.

»Ich könnte zum Bankautomaten …«, sagte er.

»Ja, das könntest du. Könnte dann aber sein, dass du vor verschlossener Tür stehst, wenn du zurück bist. Weißt du, das ist kein Basar hier, der die ganze Nacht geöffnet hat und auf *Laufkundschaft* wartet.«

Wie auf Stichwort näherte sich plötzlich das bekannte Klirren, dann stand auch schon der glasbehangene Koloss im Raum. Wie lautete noch mal dessen Name? Glühlämpchen? Marek erinnerte sich nur noch vage an Kyras Auskunft. Aktuell hätte auch die Bezeichnung *Glühwein* gepasst. So sehr hatte die Empörung das Gesicht des Riesen gerötet.

»Die ham mich ausgetrickst«, jammerte er. »Die sollten sich besser verpissen.«

»Keine Sorge, die sind gleich wieder weg«, beschwichtigte Ramon.

Aber so schnell wollte sich Glühweinchen nicht beruhigen lassen.

»Wegen der da hab ich mir auf die Schuhe geschifft.« Er zeigte erst auf Kyra und danach auf seine hellgrauen Leinenschuhe der Größe 53, die in der Tat reichlich durchnässt aussahen.

»Ja, mein Schwabbelchen. Jetzt hol uns erst mal was zu trinken.« Ramon wedelte mit der Rechten wie ein Sultan inmitten einer Schar von Lustknaben.

Marek hätte weitere Widerworte erwartet oder wenigstens ein widerwilliges Zögern, aber obwohl Glühbirnchen seinem Vetter mit einer Hand die Hirnschale hätte zerdrücken können, gehorchte er ohne mit der Wimper zu zucken. Er machte auf dem (vollgepissten) Absatz kehrt und trabte davon.

Ramon sah ihm abwesend hinterher und wandte sich dann wieder an Marek: »Wo waren wir stehengeblieben? Ach ja, der Geldautomat. Hör zu, ich hab 'ne bessere Idee. Schließlich besitze ich 'ne soziale Ader. Und bei so armen, aber liebenswerten Schluckern wie euch …« Er ließ den Satz unvollendet und bedachte Kyra mit einem anzüglichen Grinsen. »Kurz und gut: Wir machen ein kleines Match.« Um anzuzeigen, an welche Art von Wettkampf er gedacht hatte, hob er kurz einen der beiden handtellergroßen Schläger in die Höhe, deren Form an die Plastiksombreros erinnerte, die auf den Sierra Tequila-Flaschen steckten. »Wenn ihr gewinnt, bekommt ihr den Stoff umsonst.«

»Und falls wir verlieren sollten?«

»Dann gibt's nichts.«

»Ist schon klar. Aber was ist mit dir? Was kriegst du?«, wollte Kyra wissen.

»Ich?« Ramon breitete übertrieben unschuldig die Arme aus. »Ich bekomme nichts. Wie schon gesagt: Ich habe ein Herz für Schnorrer.«

»Natürlich, du bist die Barmherzigkeit in Person. Aber gut, spielen wir«, sagte Kyra, ohne Marek dabei eines Blickes zu würdigen.

»Dein Yoga-Lehrer spielt«, entgegnete Ramon in einem Ton, der keinen Widerspruch zuließ.

Marek spürte Kyras Augen auf sich. Er schien wieder Teil ihrer Wahrnehmung zu sein.

Als er an die Platte trat, fühlte er eine ungewohnte Entschlossenheit. Natürlich war er nicht frei von Nervosität. Aber vor allem war da der Wunsch, diesem aufgeblasenen Arsch, diesem kleinen Popanz das überlegene Feixen aus der Visage zu treiben. Es war zwar schon geraume Zeit her, dass er an einem Tisch wie diesem gestanden hatte, aber für den Angeber auf der anderen Seite würde es wohl noch reichen.

»Du fängst an«, sagte Ramon und schob ihm mit einem leichten Ditschen des Schlägers den Puck zu. »Wer zuerst drei Tore geschossen hat …«

Marek legte sich den Puck zurecht und richtete einen letzten fragenden Blick an den Gegner. Der bekundete seine Zustimmung durch ein kurzes Nicken.

Also dann! Marek packte alles, was ihm in diesem Moment an Hass und Verachtung zur Verfügung stand – und das war nicht wenig – in seinen ersten Schuss. Allerdings erwischte er den Puck nicht richtig, sodass der, anstatt direkt aufs, oder besser noch: *ins* gegnerische Tor zu zischen, in einem höchst ungünstigen Winkel auf die Bande traf, infolgedessen massiv an Geschwindigkeit verlor und schließlich mit Leichtigkeit von Ramon gestoppt wurde.

Der nutzte für seinen Gegenangriff ebenfalls die Bande. Dies aber ganz bewusst und vor allem mit deutlich mehr Effet. Zwar sah Marek den Schuss kommen, ja, er schob sogar seinen Schläger noch ins richtige Eck, aber den Einschlag verhindern, das konnte er nicht. 1:0 für die Arschgeigen-Fraktion, für all die Schnösel, Breitling-Träger, Loft-Besitzer, SUV-Fahrer, die von Gustav Gans Gefickten, die ganze verkommene Bande von Blendern, Absahnern und Überfliegern. Marek hatte Mühe, sich seine Verärgerung nicht anmerken zu lassen.

Da er den Treffer kassiert hatte, stand ihm erneut das Recht des ersten Schusses zu. Dieser machte schon deutlich mehr her, was ihm allerdings insofern zum Verhängnis wurde, als es Ramon verstand, den Puck volley zurückzuspielen, wodurch sich dessen Geschwindigkeit noch einmal drastisch erhöhte. Diesmal gelang Marek nicht mal der Ansatz einer Abwehrbewegung, so schnell sauste die neongelbe Plastikscheibe an seinem Schläger vorbei. 2:0! Besser: 0:2 aus Mareks Sicht.

Er griff sich den Puck, platzierte ihn erneut an der Stelle, die ihm für den Anstoß am geeignetsten schien, und richtete seine gesamte Konzentration auf das gegnerische Gehäuse. Ein schneller Blick nach links, so, als er hätte dort eine unerwartete Bewegung wahrgenommen, dazu ein ansatzloser Schlenzer aus dem Handgelenk – mit einem Krachen verschwand der Puck in Ramons Tor. 1:2! Na also, es ging doch.

»Komm, gleich noch so einen!«, entfuhr es Kyra, die bis zu diesem Moment schweigend zugeschaut hatte.

Dergestalt beflügelt gelang es Marek, Ramons nun folgende Angabe mit Leichtigkeit zurückzuspielen. Es entwickelte sich zum ersten Mal ein Schlagabtausch, der, je länger er dauerte, in Marek den Glauben wachsen ließ, das 2:2 wäre nur noch eine Zeitfrage. Er drängte Ramon mehr und mehr in die Defensive, ja, hatte ihn fast schon soweit, dass dieser unkontrolliert agieren musste, als er mit einem Mal ein Klirren in seinem Rücken vernahm. Shit, der breitärschige Tölpel mit den Getränken!

Diese Ablenkung genügte, um ihn aus dem Takt zu bringen. Er bekam nicht mehr genug Druck hinter das Spielgerät und kassierte im Gegenzug prompt den nächsten Treffer.

1:3. Aus. Ende.

»Fuck!«, hörte er Kyra fluchen.

»Na, das ging ja vergleichsweise fix«, triumphierte Ramon, während er sich von seinem Lakaien einen Drink reichen ließ. Das Gesicht eine Hochzeitstorte, die nur darauf wartete, angeschnitten und in mundgerechte Stücke zerteilt zu werden.

Ramons Cousin hielt nun auch Marek eins der mit milchig-weißer Flüssigkeit gefüllten Gläser hin. Der wehrte ab. Ein Drink war gerade das letzte, wonach ihm der Sinn stand, außerdem war ihm eine Idee gekommen.

»Hey, was ist mit dem Seitenwechsel?«, fragte er an Ramon gewandt. »Ein Match ist erst dann zu Ende, wenn jeder Spieler mindestens einmal auf jeder Seite gestanden hat.«

Der blonde Spargeltarzan ließ den Strohhalm, an dem er gerade noch genießerisch genuckelt hatte, aus dem Mund flutschen und sah Marek verblüfft an, dann lachte er.

»Na gut, wenn du dir noch ne Packung abholen möchtest.«

Sie tauschten die Plätze, was Marek die Gelegenheit gab, die Kritzeleien zu studieren, die ihr Gastgeber während ihres Eintretens auf der Tischplatte hinterlassen hatte.

*Zion* stand da etwa drei Dutzend Mal, immer ungelenk, aber in gänzlich verschiedenen Schriften. Dazu ein Zeichen, das sich nicht entscheiden konnte, ob es Faden- oder Keltenkreuz sein wollte.

Offenkundig war die Substanz, mit der Ramon sein Gehirn schädigte, doch nicht ganz so empfehlenswert wie Marek ursprünglich gedacht hatte. Im Kopf gepflegt auf Tauchstation zu sein, war angesichts dessen, was auf sie alle zukam, sicher das Gebot der Stunde, das hieß aber noch lange nicht, dass dabei auch das letzte bisschen Geschmack und Anstand über Bord gehen mussten. So betrachtet, hatte das Ende der Menschheit auch ihr Gutes. All die Spacken und Spinner, die ihrer Umwelt mit Verschwörungstheorien und Eso-Scheiß auf den Zeiger gingen, konnten ihre Alu-Hüte ein für alle Mal an den Nagel hängen. Es sei denn, sie wurden in letzter Sekunde noch von irgendeinem Raumschiff aufgegabelt und nach Aldebaran verfrachtet.

Marek musterte seinen Gegenspieler, der sich noch einen letzten Schluck *Hängebauchschweinsperma-mit-Kokos-oder-was-auch-immer* gönnte, bevor es losging. Keine Frage, diese kleine Schmeißfliege vereinte in sich wirklich *alles*, was er hasste. Und als Kyra ihm ins Ohr flüsterte, er solle den Bastard erledigen, war da nicht mehr viel, was ihre Stimme noch hätte mobilisieren können. Für Marek stand auch so schon fest, dass er dem verstrahlten Wichtigtuer eine Lehrstunde erteilen, ja, dass er ihm nach Strich und Faden den mit Puderzucker gefüllten Arsch versohlen würde.

Demgemäß war er voll da, als Ramon den ersten Schuss abfeuerte, hielt den gesamten Körper unter Spannung und den Blick konsequent auf den Puck gerichtet. Und als er die Scheibe retournierte, war es, als hätte ihn eine Zeitmaschine an die Strandpromenade von Paguera zurückversetzt, wo er in diesem einen Urlaub mit seinen Eltern und der Familie eines Schulfreundes beinahe jeden Abend Air-Hockey … Er traf genau so, wie er hatte treffen wollen, und gab dem Puck gerade so viel Schnitt, dass sich dessen Bahn leicht veränderte, ohne dass das zu Lasten der Geschwindigkeit ging. Das Ergebnis dieses Manövers entsprach ebenfalls Mareks Wünschen: Das Spielgerät zischte den entscheidenden Millimeter an Ramons Schläger vorbei, ohne dass sich derselbe auch nur ein Stück bewegt hätte.1:0.!

Die nächste Runde war eine exakte Kopie der ersten. Wieder gelang es Marek, den Puck anzuschneiden, wieder landete die Scheibe ohne Gegenwehr im gegnerischen Tor. 2:0.

Ramons Laune tat das keinen Abbruch.

»Sieh mal an, der Kleine ist ja richtig engagiert«, spottete er und griff nach seinem Getränk, um sich gleich darauf erneut eins dieser Röhrchen unter die Nase zu halten. Ob das Poppers waren?

Ob Poppers oder Insektenspray – aus der Ruhe bringen ließ Marek sich durch diese Mätzchen nicht. Wenn er das Match erst gewonnen hatte, woran er mittlerweile nicht mal mehr im Ansatz zweifelte, würde er sich endlich auch was einpfeifen können. Um was genau spielten sie eigentlich? Egal, in dieser Hinsicht konnte er sich wohl bedenkenlos auf Kyra verlassen.

Siegesgewiss parierte er auch Ramons nächste Eröffnung nach dem so erfolgreichen Muster, aber der hatte sich mittlerweile auf die angeschnittenen Schüsse eingestellt und spielte den Puck mit doppeltem Schnitt zurück. Marek war davon derart überrascht, dass er fast das 1:2 kassiert hätte. In letzter Not kratzte er die Scheibe von der Linie, und beförderte sie mehr schlecht als recht auf die andere Seite des Feldes. Nicht verwunderlich, dass er danach immer stärker ins Hintertreffen geriet. Nach einem weiteren, besonders schwach ausgeführten Abwehrmanöver sah er seine Felle endgültig davonschwimmen. Aber dann ließ Ramon abrupt den Schläger fallen, drehte sich von der Platte weg, um nach seinem Glas zu greifen, und der letzte, völlig verkorkste Schuss, der eher ein Schüsschen war, bahnte sich langsam, ja, fast wie in Zeitlupe seinen Weg ins unbehütete Tor. 3:0!

Unter normalen Umständen hätte Marek nun protestiert, hätte ein Re-Match verlangt, und zwar eins, das am Ende einen *würdigen* Sieger vorzuweisen hatte. Heute aber war derlei egal, heute zählte nur das Ergebnis.

»Drei zu null. Macht in der Summe vier zu drei für mich. Ich … *wir* haben gewonnen«, sagte er, und konnte ein triumphierendes Grinsen nicht unterdrücken.

Ramon setzte das Glas ab, das er in einem einzigen gierigen Zug geleert hatte, und sah ihn ausdruckslos an. Er wirkte, als hätte er das Spiel, und die damit verbundene Vereinbarung, bereits vergessen.

Marek sah sich genötigt, genau daran zu erinnern.

»Ja, dann mal her mit dem Siegerkranz, würde ich sagen.« Er bemühte sich, seine Stimme jovial, aber fest klingen zu lassen.

Entgegen seiner Befürchtungen reagierte Ramon nicht mit Verärgerung, Hohn oder (gespielter) Unkenntnis.

»Hey, Dickerchen, bring mal den Stoff! Bring mal den Gewinn für unsere Freunde hier.«

Nur Sekunden später schob sich der wandelnde Kronleuchter ins Bild und schmiss ein Tütchen weißes Pulver auf den Tisch. Mindestens fünf Gramm, schätzte Marek, und frohlockte innerlich. Denn mit einer derartigen Menge würden Kyra und er schon etwas länger hinkommen, vielleicht sogar bis zum letzten Countdown … Er unterbrach diesen Gedanken und streckte seine Finger nach dem Tütchen aus. Aber Ramon kam ihm zuvor.

»Na, na, nicht so gierig, mein Freund. Du glaubst, du hast gewonnen«, tönte er, während Mareks Hand in der Leere verharrte. »Aber Schluss ist erst, wenn der Schiedsrichter abpfeift, und der Schiedsrichter bin nun mal ich.« Er lachte, laut und voller Häme.

Dann riss er das Tütchen auf, ließ den Inhalt genüsslich auf die linke Handfläche rieseln und blies, als ob er eine Kerze auspusten wollte, mit gespitzter Schnute gegen das weiße Häufchen. Als ob das allein nicht genügt hatte, begann er dazu die Melodie von *Blowin in the Wind* zu pfeifen.

Während sich das Pulver in alle Richtungen verteilte, sich also vom Rauschmittel in blankes Nichts verwandelte, drang unwillkürlich eine Szene aus Mareks Vergangenheit in sein Bewusstsein. Sein sechster Geburtstag. Er hatte sich den ganzen Tag lang unbändig auf diesen Spielzeug-Tomahawk gefreut, den er unter den Preisen entdeckt hatte, die von seiner Mutter fürs Topfschlagen besorgt worden waren. Denn es stand ja wohl außer Frage, dass er, das Geburtstagskind, diesen erlesenen Gegenstand gewinnen würde. Aber dann hatte der Tomahawk unter der Schüssel gelegen, als dieser ewig popelnde und den Rotz hochziehende Junge aus dem Haus gegenüber an der Reihe war, während er selbst mit einem Matchboxauto abgespeist wurde.

»Ist doch nur Spielzeug«, hatte seine Mutter gesagt, während er unter Tränen immer wieder gegen die Tür seines Kinderzimmers getreten hatte.

Jetzt, während er zusehen musste, wie das Koks oder Speed (oder was auch immer) sich anschickte, Teil des Hausstaubs zu werden, fühlte er sich nicht minder betrogen. Im Gegensatz zu diesem Tag vor dreiunddreißig Jahren fehlte ihm heute allerdings die Kraft, seiner Empörung Ausdruck zu verleihen. Kyra dagegen gebärdete sich wie eine Furie. Unter Flüchen stürzte sie sich auf Ramon, verabreichte ihm mit der offenen rechten Hand eine ganze Serie wütender, schlechtgesetzter Schläge, während ihre Linke – in der Absicht, die letzten Krümel zu retten – vergeblich nach seinem Handgelenk zu greifen versuchte.

Ramons Freund und Beschützer, der übergroße Kristallfetischist, unterband diese Attacke, indem er Kyra eine Ohrfeige versetzte, die so kräftig ausfiel, dass das Mädchen Mühe hatte, sich auf den Beinen zu halten.

Im Nu hatte sie ihr Pfefferspray in der Faust. Aber das beeindruckte den Fettwanst nicht sonderlich. Fast schon übertrieben lässig zog er einen Teleskopschlagstock aus dem Hosenbund, der sich – nach einer kurzen Bewegung aus dem Handgelenk – auch schon in seiner gesamten Länge präsentierte.

Ein Blick in das, was der gläserne Umhang von seinen Pupillen freigab, verriet, dass der Dicke Freude daran haben würde, die Waffe zu benutzen, und das hatte offenbar auch Kyra erkannt, die – ohne allerdings die Hand mit der Dose zu senken – einen unmerklichen Schritt nach hinten machte.

»Na, geht's zurück in die Krabbelgruppe«, kicherte Ramon, der seine gute Laune auch unter Kyras Schlägen nicht verloren hatte.

»Keine Sorge, wir kommen wieder«, knurrte Kyra.

»Gute Idee. Aber bringt ein bisschen was zum Anturnen mit«, spottete der Blondschopf.

Sein Kettenhund, dem das alles zu lange dauerte, verlagerte sein Gewicht bedrohlich nach vorn und brüllte: »Raus jetzt! Verpisst euch endlich, ihr Spasten.«

Weder Marek noch Kyra sahen sich veranlasst, dieser Anordnung zu widersprechen. Langsam wichen sie bis an die Tür zurück, dann wandten sie sich um und liefen, liefen – begleitet von Ramons höhnischem Gelächter – den ganzen endlos erscheinenden Gang entlang. Und sie liefen auch noch, als sie den Hof erreicht hatten.

# 5

»Diese verdammte Ratte«, keuchte Kyra, als sie endlich zum Stehen kamen. »Ich hätte wissen müssen, dass er uns aufs Kreuz legt.«

Zum ersten Mal, seit er ihr begegnet war, sah Marek sie niedergeschlagen. Er hätte jetzt gern etwas Tröstendes gesagt. Aber ihm fiel partout nichts ein. Denn wo sollte der Trost herkommen, wenn sich die Menschheit selbst auf den letzten Metern ihrer Existenz in zwei ungleiche Teile spaltete: einen kleinen, der von den Abgewichsten, von den Starken und Durchsetzungsfähigen gebildet wurde und der nahezu alles bekam, was er wollte, und den Rest, dieses Milliardenheer lobotomisierter Opferlämmer, das sich tagtäglich mit den Resten der Mahlzeiten abspeisen ließ. So betrachtet hatte das Großreinemachen gar sein Gutes. Endlich mal wurden ausnahmslos alle gleich behandelt, gab es selbst für Macht, Geld und Einfluss kein Entkommen mehr.

Na ja, ein echter Trost war das nicht. Echten Trost hätten die Drogen gebracht, die dieses affige Großmaul in die Hemisphäre geblasen hatte – die Drogen und die Schönheit hier neben ihm, nackt auf seinem Bauch. Er schielte zu Kyra hinüber, aber nur so lange, bis die seinen Blick bemerkte. Dann kickte er eine zerknüllte Zigarettenschachtel gegen die Hauswand, vor der sie standen. Vielleicht sollte er mit dem Rauchen anfangen. Lungenkrebs war ja nun kein Thema mehr.

Kyra unterbrach diesen Gedankengang.

»Was machen wir jetzt?«, hörte er sie fragen.

Offenbar hatte sie ihn mittlerweile als Schicksalsgefährten akzeptiert.

»Keine Ahnung«, sagte er und hatte im selben Moment doch noch eine Idee, wenn auch eine recht verzweifelte: »Vielleicht sollten wir in 'ne Apotheke einsteigen oder 'ne Arztpraxis.«

Kyra schien diesen Gedanken weit weniger abwegig zu finden. Zwar sah sie ihn überrascht an, aber dabei lag durchaus so etwas wie Anerkennung in ihrem Blick.

»Nicht schlecht. Wir werden zwar nicht die ersten sein, denen das einfällt, aber ein Versuch ist es wert.« Sie sah kurz nach links, dann nach rechts, dann wieder zu ihm.

»Welche Richtung?«

»Da lang.« Marek zeigte stadteinwärts und konnte es nicht verhindern, dass ihn ihr Lob mit Stolz erfüllte wie ein Kind, dem es vor den Augen der Eltern zum ersten Mal gelungen war, eine Schleife zu binden.

Sie befanden sich nach wie vor auf der Straße, die von dem Ort wegführte, an dem sie gerade so unfassbar gedemütigt worden waren. Auf den ersten hundert Metern nichts Auffälliges – die allgegenwärtigen Spuren der Zerstörung, zwei, drei Gestalten, die nahezu gesichtslos an ihnen vorbeihuschten. Das Gesuchte allerdings wollte sich nicht zeigen. Bei dem Schild eines Augenarztes, auf das Marek hinwies, winkte Kyra ab – nichts zu holen.

Dafür kamen ihnen plötzlich zwei Bullen entgegen. Komplett in Uniform, Dienstmützen auf, Waffen im Holster, ganz so, als ob sie gerade auf Streife wären, als ob das Leben nach wie vor seinen *normalen* Verlauf nehmen würde.

Erst als sie fast auf gleicher Höhe waren und einer der beiden sein Maul aufmachte, zeigten sich die Risse auch in diesem Bild.

»Na, Nutte, schon mal zwei Schwänze gleichzeitig im Arsch gehabt? Ist vielleicht die letzte Gelegenheit.«

Der Uniformierte griff nach Kyra, aber die hatte die Gefahr rechtzeitig geahnt und bereits den entscheidenden Schritt zur Seite gemacht. Marek zeigte sich dagegen weniger reaktionsschnell. Sicher war es die alte, unausrottbare Mär vom Freund und Helfer, in jedem Fall der Ärger darüber, dass er als männlicher Begleiter komplett ignoriert wurde, der ihn ein ebenso empörtes wie gedankenloses *Hey!* in Richtung der Cops ausstoßen ließ.

Das genügte, um den Ärger auf sich zu ziehen. Gerade als ihm dämmerte, wie riskant eine derartige Unmutsäußerung sein konnte, und wie gut es deshalb war, dass sie die Arschlöcher bereits passiert hatten, erhielt er einen Tritt in den Hintern, und zwar einen derart kräftigen, dass er es nicht verhindern konnte, vornüber aufs Pflaster zu knallen.

Während ein brennender Schmerz in seine Fingerkuppen schoss, verspürte er im Nacken weitere Gefahren, so als wäre dies nur die Ouvertüre gewesen, der naturgemäß noch etwas folgen müsse, ein weiterer Tritt, vielleicht einer gegen den Hinterkopf, oder noch schlimmer, irgendwas, bei dem die Waffe eine Rolle spielen könnte.

Er krümmte sich zusammen, aber es kam nichts mehr – außer einem verächtlichen Lachen.

Wieder überlebt, wieder für den Preis einer Demütigung. Dazu kamen die aufgerissenen Hände und ein Schmerz im linken Knie, den er erst jetzt bemerkte.

Kyra half ihm auf. »Diese Wichser! Um die ist es nicht schade.« Es war bereits das zweite Mal, dass sie das nahende Ende thematisierte. Offenbar hegte auch sie keinerlei Zweifel daran, dass sie allesamt ins Gras beißen würden – wenn es dann noch Gras gab …

Während Marek, auf Kyras Schulter gestützt, zum nächsten Hauseingang hüpfte, warf er einen kurzen Blick zurück. Die zwei Wachteln watschelten davon, als ob nichts gewesen wäre, fettärschig und selbstgefällig; die Wummen so aufreizend platziert wie ein überdimensioniertes Schamlippen-Piercing. Marek hätte jetzt selbst gern eine Knarre gehabt. Anlegen, entsichern, abdrücken, und dann – bum, bum, Benni! Aber wäre das überhaupt eine Strafe? Anderen die Qualen des Jüngsten Gerichts zu ersparen?

Er ließ sich auf die Stufen plumpsen und begann sein Knie abzutasten.

Kyra suchte unterdessen ihre Taschen nach Zigaretten ab. Marek fiel auf, dass sie zitterte. Hatten ihr die Bullen derart viel Angst gemacht? Gut möglich. Vielleicht hatte sie in der Vergangenheit schon mal schlechte Erfahrungen mit der Exekutive gesammelt.

»Keine Sorge, die kommen nicht zurück.«

»Was?« Sie starrte ihn an wie einen Fremden.

»Na, die Bullen. Die sehn wir nicht wieder.«

»Die Bullen?« Sie lachte auf. »Scheiß auf die Bullen, Mann. Ich brauch langsam Stoff. Ich hab …« Sie zog irgendeinen Dreck aus ihrer Jeansjacke, Kaugummi- oder Bonbonpapier, musterte das Objekt einen Moment zu lange und ließ es dann fallen wie das Totenhemd eines Ebola-Patienten. Ihr Blick wirkte glasig. Keine Frage, die Tür zur Hysterie war bereits aufgestoßen.

In diesem Moment erinnerte sich Marek an die Medikamente, die er bei sich im Badezimmer zusammengerafft hatte. Er durchwühlte seinen Rucksack, holte alles, was er an Packungen und Tablettenstreifen finden konnte, heraus und türmte es neben sich auf. Kyra ließ sich nicht lange bitten und unterzog das Angebot sogleich einer Prüfung. Das meiste flog unter ungutem Gemurmel und Gefluche zur Seite. Aber zwei Produkte fanden dann doch noch Gnade vor ihrem geschulten Auge. Marek meinte codeinhaltige Tabletten zu erkennen, außerdem ein Beruhigungsmittel, das er noch zu Studentenzeiten verschrieben bekommen, aber nie genommen hatte.

»Ich brauch was zum runterspülen«, forderte Kyra, die schon begonnen hatte, erste Pillen aus dem Streifen zu drücken.

Marek reichte ihr eine der beiden Wasserflaschen. Den Tullamore wollte er mehr denn je in Reserve halten.

Kyra warf nicht gleich alles ein, wie Marek das eigentlich erwartet hatte, aber allzu große Zurückhaltung legte sie auch nicht an den Tag. Diese Frau war wirklich eine Klasse für sich. Das zeigte sich auch, nachdem sie sich gestärkt hatte. Es gab keinerlei Dank in seine Richtung, stattdessen lag der Fokus schon wieder auf der Suche nach neuer Beute.

»Komm, lass uns weiter. Wir müssen was finden, das richtig turnt. Und Kippen brauche ich auch.«

Marek rutschte von der Stufe und belastete vorsichtig das schmerzende Knie. Es ging besser als erwartet.

»Irgendwann muss doch mal 'ne Apotheke kommen«, schimpfte Kyra, nachdem sie erneut ein paar hundert Meter zurückgelegt hatten – Marek leicht humpelnd, aber eisern bemüht, mit seiner Begleiterin Schritt zu halten.

Aber es kam keine Apotheke, stattdessen tauchte mit einem Mal ein Hindernis auf, das sich beim Näherkommen als improvisierte Straßensperre entpuppte – eine Reihe quer zur Fahrbahn abgestellter Kleinwagen, die zwischen den Häuserzeilen fast keine Lücke ließ. Dahinter drei oder vier Handvoll Männer, die sich mit allem nur erdenklichen Gerät bewaffnet hatten, unter anderem mir einem langstieligen Pizzaschieber.

Was wollten die? Ihre Frauen und Kinder vor dem atomaren Fallout schützen? Das Abendland gegen den

*Zorn Gottes* verteidigen? Obwohl die Typen größtenteils im Rentenalter zu sein schienen und eher skurril als bedrohlich wirkten, verspürte Marek wenig Lust, die Motive ihres Handelns herauszufinden. Allein sein ramponiertes Knie sprach schon gegen ein derartiges Vorhaben. Kyra, durch die Einnahme der Tabletten mittlerweile offenbar in jeder Hinsicht schmerzbefreit, wollte es dafür umso genauer wissen. Ohne sich von der Sperre auch nur im Mindesten beeindruckt zu zeigen, begann sie, über zwei aneinandergrenzende Stoßstangen zu klettern.

Sofort eilte einer der Bürgerwehr-Hanseln hinzu und ließ einen schweren Schraubenschlüssel auf die Motorhaube krachen, die Kyras linker Hand gerade als Stütze diente. Für einen Treffer fehlten gut dreißig Zentimeter. Aber der Sound war beeindruckend.

»Hier geht's nicht weiter für euch. Haut ab!«, brüllte der Schraubenschlüsselschwinger, ein untrainierter Glatzkopf im Trainingsanzug, in das abklingende Dröhnen hinein.

Kyra schien das gar nicht wahrzunehmen – vielleicht überhörte sie es auch bewusst –, jedenfalls hielt sie weder inne noch wich sie zurück, sondern überwand das Hindernis mit einem kräftigen Schlusssprung, der, kaum dass er vollendet war, in eine Aufwärtsbewegung überging, die wiederum in einer Kopfnuss mündete, die natürlich dem Bürgerwehr-Hansel galt. Dem gelang es zwar noch, seinen Schraubenschlüssel hochzureißen, aber nicht mehr, ihn zu benutzen. Während ihm das Blut aus der Nase schoss, guckte er reichlich überrascht. Aber dieser Blick war nichts gegen das fassungslose Entsetzen, das von ihm Besitz nahm, nachdem Kyra ihr rechtes Knie in seinen Unterleib gerammt hatte.

Bevor ihm auch nur einer seiner Kollegen zu Hilfe kommen konnte, war er schon zusammengesackt, während Kyra unbeirrt weiterlief. Das letzte, was Marek von ihr sah, bevor sie von der Dunkelheit verschluckt wurde, waren ihre orangeroten Zöpfe. Unwillkürlich musste er an Pippi Langstrumpf denken.

»Hej, Pippi Langstrumpf, die macht, was ihr gefällt«, wiederholte eine Kinderstimme in seinem Kopf, während ihm langsam dämmerte, dass er Kyra unbedingt hinterher musste.

Das allerdings erwies sich als unmöglich. Denn kaum dass er die ersten zögerlichen Schritte gemacht hatte, tauchten auf der anderen Seite der Barriere zwei Typen auf. Und die waren nicht nur weit jünger als der Rest, sondern auch mit Elektroschockern ausgestattet. Instinktiv wich Marek so weit zurück, bis er ganz sicher außer Reichweite der beiden war.

Na, wunderbar. Und jetzt? Selbst wenn er es allein in eine Arztpraxis oder Apotheke schaffte, wie sollte er sich dort zurechtfinden? Er hatte null Ahnung von Medikamenten. Von der Dosierung gar nicht zu reden. Wobei es natürlich schon fast wieder Witz besäße, wenn er kurz vorm Weltenende ausgerechnet an einer Überdosis zugrunde ginge. Dazu würde es jedoch nicht kommen, dachte er und verordnete sich einen grimmigen Gesichtsausdruck. Er musste bloß Kyra wiederfinden. Und das würde er auch. Er würde diese schwachsinnige Straßensperre umgehen und seine Verbündete irgendwo auf der anderen Seite wieder aufsammeln. In ihrem desolaten Zustand konnte sie ihm gar nicht entwischen.

Er wandte sich in die Richtung, aus der sie gerade gekommen waren, und schritt – die nächste Querstraße bereits im Blick – rasch aus. Währenddessen kam ihm der Gedanke, dass dies vielleicht die letzte Gelegenheit war, sich von seiner Mutter zu verabschieden. (Sobald er wieder mit Kyra vereint war, konnte er unmöglich seine *Mutter* anrufen.) Das würde zwar sein Tempo verringern, aber er musste das Gespräch ja nicht zu lang werden lassen. Also los! Besser er erledigte das jetzt, bevor ihn am Ende das schlechte Gewissen gar nicht mehr losließ. Er hatte sein Smartphone bereits entsperrt und wollte gerade die Nummer im Adressbuch abrufen, als er auf dem Display ein Symbol entdeckte, das ihn im ersten Moment irritierte: eine rote Wolke, aus der ein gelber Blitz herausschoss. Gleich darauf dämmerte ihm die Bedeutung. Er hatte ein Match, verdammt! Bei Thunder, dieser Dating-App, die er sich vor kurzem runtergeladen hatte. (Werbeslogan: *Thunder – und der Blitz schlägt ein!*) Unglaublich! Wer hatte denn in der aktuellen Situation noch die Ruhe, sich durch Thunder-Profile zu arbeiten? Die nächste Frage, die sich aufdrängte: Wie war dieser jemand ausgerechnet auf ihn gekommen? Denn allzu viel Feedback hatte er bisher nicht erhalten. Für ein Treffen in der Wirklichkeit hatte es jedenfalls noch nicht gereicht.

Gespannt tippte Marek auf die kleine Gewitterwolke. Und tatsächlich: Its a match! Und was für eins. Er erinnerte sich nur zu gut an die Frau, die da so unvermittelt Interesse an ihm bekundete. Er hatte ihr Profil in einem Anfall von Größenwahn geliked, betrunken natürlich, exakt an dem Abend, an dem die ersten Hiobsbotschaften im Netz aufgetaucht waren. Ihr Bild war der Wahnsinn: Ein Gesicht wie aus der Kartei einer Modelagentur; blonde, lange Haare, frisiert wie in den 50ern; ein Rockabillygirl mit Pferdeschwanz und Pony. Das gepunktete Kleid, das den Blick auf perfekt modellierte Schultern und Oberarme freigab, untermauerte diesen Eindruck noch. *Kat* nannte sie sich. Ihr Alter schätzte Marek auf fünfundzwanzig. Und es kam noch besser, wie ihm ein zweiter Blick verriet: Geschrieben hatte sie ihm auch schon.

*Lass uns treffen, Sweetheart. So schnell wie möglich.* Dazu eine Handynummer. Unfassbar! Frauen wie diese sprachen ihn, wenn überhaupt, nur an, wenn sie eine Auskunft benötigten. Was zur Hölle wollte die hier von ihm? Egal, nicht darüber nachdenken. Bloß keine Zweifel, vor allem keine Nervosität aufkommen lassen. Marek holte kurz Luft. Dann rief er sie an.

Sie war schon nach dem zweiten Signalton dran, war sich offenbar sicher gewesen, dass er reagieren würde – er oder einer der (vielen?) anderen, die sie als potentielle Kandidaten für ihr allerletztes Date auserkoren hatte.

Ihre Stimme klang anders als erwartet, älter irgendwie, verbrauchter, vielleicht rauchte sie zu viel, vielleicht war auch ihr Foto nicht mehr taufrisch. Alles egal. Selbst wenn sie nur halb so gut aussah oder nur ein Viertel so gut, selbst wenn sie zehn Jahre älter war als auf dem Bild oder zwanzig, völlig egal. Diese Gelegenheit, die ja nahezu einem Wunder gleichkam, würde er sich durch nichts kaputtmachen lassen, schon gar nicht von kleinlichen Zweifeln.

Das Gespräch verlief kurz.

»Hi«, sagte sie.

»Hallo, hier ist Colt«, sagte Marek, denn so hieß er bei Thunder.

»Ich hatte gehofft, dass du das bist«, kam es mit einem verführerischen Unterton zurück. »Sehen wir uns gleich bei mir?«

»Ja. Ja, klar.«

Sie nannte ihre Adresse.

»Weißt du, wo das ist?«

Marek meinte die Straße zu kennen, ließ sich den Weg aber zur Sicherheit kurz erklären. Ihre Beschreibung bestätige seine Annahme: Von dort, wo er sich befand, waren es keine drei Minuten. Dann brauchte es nur noch eins: »Wo muss ich klingeln?«

»Bei Pagan«, hauchte sie und dabei lag so viel Verheißung in ihrer Stimme, dass er für eine Sekunde weiche Knie bekam.

Gleich darauf übernahm die Euphorie wieder das Regiment, okkupierte auch noch die unbedeutendste Zelle seines Körpers. Jetzt hätte ihn kein Hindernis mehr stoppen können, keine Elektroschocker, keine Golfschläger schwingenden Irren. Aber wie immer in solchen Momenten tat sich kein einziges Hindernis auf. Der Weg zu ihr gestaltete sich beinahe wie ein Spaziergang in den Tagen vor dem Ausbruch von Chaos und Wahnsinn.

Ein weiterer kurzer Moment des Schwankens, als er die Klingel betätigte. Vielleicht hatte sie ihn ja doch bloß verarscht ... Aber auch hier: Keine Schwierigkeiten. Vier bis fünf Herzschläge, dann ertönte der Summer.

Während er die Treppe hochstieg, erfuhr seine Aufregung – obwohl gefühlt schon am Anschlag – noch einmal eine Steigerung.

Im zweiten Stock stand eine Tür offen, das musste ihre sein. Sie selbst war nicht zu sehen, wartete wahrscheinlich schon auf dem Bett auf ihn, nackt, mit gespreizten Schenkeln und fingerte sich die klatschnasse Möse.

Er trat ein und schloss die Tür gerade so geräuschvoll, dass sie ihn hören musste. Aber die erwartete Reaktion blieb aus. Also rief er ihren Namen. Erst leise und mit, wie er zu seiner Beschämung feststellen musste, belegter Stimme. Dann noch einmal, lauter: »Kat?«

Endlich ihre erlösende Antwort: »Hier im Schlafzimmer.«

Fuck, das war ja wirklich wie im youporn-Märchen.

Der Flur wirkte unerwartet bieder – billige Repros bekannter Fotografien (darunter die frühstückenden Bauarbeiter auf diesem Wolkenkratzergerüst) auf weißer Raufaser. Egal. Vielleicht wohnte sie in einer WG oder noch bei ihren Eltern. War ja in ihrem Alter nicht *so* ungewöhnlich.

Er überwand den letzten Meter, hin zum Lichtschein, hin zur einzigen geöffneten Tür. Es empfing ihn tatsächlich ein Schlafzimmer, es empfing ihn tatsächlich ein Bett, es empfing ihn tatsächlich eine Frau. Aber diese Frau hatte mit dem Bild von Kat so viel zu tun wie Prinzessin Lillifee mit einem Orkweibchen. Ein Trumm von einem Körper; eine Walküre mit massigen, welken Oberarmen; die Haut teigig; die Haare fettig. Wenigstens war sie nicht nackt, wenigstens ersparte sie ihm den Anblick ihrer klatschnassen …

Marek wollte auf dem Absatz kehrtmachen, sich auf der Stelle entmaterialisieren, unsichtbar werden, was auch immer, nur weg, weg von diesem Ort der Lüge und der Täuschung, weg von dem Dämon, der eben diesen Ort beherrschte.

Aber er konnte nicht, seine Füße waren so unbeweglich, als hätte ein Truck darauf geparkt. Nicht minder war sein Blick gefangen, es gelang ihm einfach nicht, damit aufzuhören sie anzustieren – als wäre sie ein gestrandeter Wal oder ein blutüberströmtes Unfallopfer.

Sie war auf seine Konfusion offenbar vorbereitet, lächelte zaghaft, aber mit einem ironischen Zug, und sagte: »Tut mir leid, dass das Bild, das ich bei Thunder eingestellt habe, nicht so ganz der Wirklichkeit entspricht.«

*Nicht so ganz* – ja, das traf es. Marek hatte Mühe nicht loszuprusten.

Falls sie das Zucken seiner Mundwinkel bemerkte, verbarg sie das geschickt hinter einem weiteren Lächeln, das, wäre sie auch nur im Entferntesten ansehnlich gewesen, kokett hätte genannt werden müssen.

»Ich wusste nicht, was ich sonst hätte tun können. Ich wollte die … na ja, die letzten Stunden auf keinen Fall allein verbringen. Und als ich dann dich, also dein

Bild gesehen habe, dachte ich, dass man mit dir sicher interessante Gespräche führen kann.«

Obwohl ihm das nun wirklich herzlich egal sein konnte, gerade aus ihrem Mund, versetzte ihm diese Charakterisierung einen Stich. *Interessante Gespräche* – die hatte doch nicht mehr alle beisammen, die Alte! Er war ein Stecher, ein Hengst, er war ein gottverdammter Pimp, und das würde er noch heute, noch in diesem Leben, unter Beweis stellen. Allerdings nicht mit dieser Qualle. Eher würde er seinem Schwanz ein Säurebad verordnen.

Als hätte sie seine Gedanken gelesen, sagte sie: »Keine Angst, ich will keinen Sex oder so was.«

Marek lag schon eine Gemeinheit auf der Zunge, irgendwas à la *ohne Hypnose, Lobotomie und Vollrausch wäre das auch nur schwer möglich – natürlich alles gleichzeitig*, aber er verkniff sich das. Warum bösartig sein?! Wenn er sich jetzt umdrehte und ging, und das würde er, denn seine Gliedmaßen hatten die Lähmung mittlerweile abgeschüttelt, war das demütigend genug.

Eigentlich hatte er den Abschied wortlos hinter sich bringen wollen, aber unversehens entschlüpfte ihm dann doch noch eine halbherzige Entschuldigung: »Tut mir leid, ich würde wirklich gern. Aber ich muss weiter. Ich bin auf der Suche nach ... nach dem letzten großen Kick, verstehst du.«

Den Zusatz *liegt nicht an dir*, den sein Gehirn schon in den Startblock geschickt hatte, ließ er weg. Das wäre mehr als kilometerdick aufgetragen gewesen.

Kat (oder wie auch immer sie heißen mochte), machte allerdings nicht den Eindruck, als ob sie sich für derlei Feinheiten der Gesprächsführung interessierte. Vielmehr nutzte sie den Umstand, dass er überhaupt geredet, also Schwäche gezeigt hatte, um ihn weiter festzunageln.

»Der letzte große Kick? Was heißt das? Willst du S-Bahn-Surfen oder so was?« Sie lachte unverblümt.

»Nein, Drogen natürlich«, hörte Marek sich sagen. Und noch bevor die letzte Silbe verklungen war, ärgerte er sich schon, dass er ihr ein Stück weiter in die Falle gegangen war.

Mit ihrer nächsten Äußerung überraschte sie ihn allerdings.

»Ich könnte dir ein bisschen Morphium überlassen.«

»Morphium?!«

»Keine Sorge, ich bin kein Junkie oder so was. Sagen wir mal, ich brauch das Zeug einfach, um mit dem Ruhm klarzukommen. Es gibt einfach zu viele Leute, die meine Selfies liken.«

Witzig war sie ja. Aber war sie auch genauso großzügig? Marek beschloss es herauszufinden.

»Und du würdest mir was von dem Zeug ...?«

Sie sah ihn verschmitzt an.

»Das wäre ziemlich dumm nicht?«

Ja, das wäre es in der Tat, dachte Marek. Denn natürlich würde selbst eine derartige Gabe ihn nicht davon abhalten, sich vom Acker zu machen.

Aber sie war schon einen Schritt weiter: »Was hältst du von einem Spiel? Ich stelle dir drei Fragen. Für jede richtige Antwort bekommst du eine Spritze von mir. Für jede falsche, darfst du eine Stunde in meiner Gesellschaft verbringen.«

Shit, *das* war dumm! Zumindest für sie. Denn welche Garantie besaß sie, dass er seinen Einsatz nicht zurückzog, falls er verlor?

Wieder schien sie direkt in sein Gehirn zu blicken: »Ich weiß, was du jetzt denkst«, sagte sie, »ziemlich blöd von mir, etwas von dir zu fordern, für das es keine Garantie gibt. Aber ich vertraue dir. Du hast ein gutes Gesicht.«

»Und was sind das für Fragen?«, wollte Marek wissen, um davon abzulenken, wie sehr sie mit ihrer naiven Einschätzung danebenlag.

»Das wirst du gleich sehen. Bist du dabei?«

Er wollte schon nicken, als sich plötzlich ein Zögern einschlich. Vielleicht *wollte* sie ihn ja gewinnen lassen. Wollte ihn mit Morphium betäuben, um ihn dann … Nein, das war unmöglich. Schon technisch nicht machbar. Also scheiß drauf! Er hatte nichts zu verlieren.

»Lass uns starten«, sagte er.

»Willst du dich nicht erst mal setzen?« Sie wies auf einen Stuhl am Fußende des Bettes.

Marek nahm Platz.

»Okay, es geht um Filme, ja?«, begann sie.

Na, wunderbar, mit Filmen kannte er sich so gut aus wie ein Pavian mit Techniken zur G-Punkt-Stimulation.

»Also«, Kat sah ihn erwartungsfroh an, »gesucht wird ein Film, der von Anfang bis Ende ziemlich durchsichtig ist und den trotzdem Millionen Menschen schätzen.«

Durchsichtig? Traf das nicht auf die meisten erfolgreichen Filme zu?! Shit, das reichte nicht für die richtige Lösung.

»Bekomme ich weitere Informationen?«, erkundigte sich Marek.

»Nein«, lautete die knappe Antwort.

»Auch nicht, wenn ich Fragen stelle, die du nur mit ja oder nein beantworten kannst? Du weißt schon, wie bei diesem Spiel, wo die Leute herausfinden müssen, welchen Prominenten sie darstellen.«

»Nein.« Sie lachte amüsiert. »Niemand hat gesagt, dass es leicht werden würde.«

»Okay, dann muss ich raten.« Marek ließ sämtliche Hollywoodstreifen, die ihm spontan einfielen, an seinem inneren Auge vorbeirauschen und entschied sich schließlich für *Pretty Woman*. Dessen Handlung war doch mindestens so durchsichtig wie die Bauchdecke eines Glasfroschs.

Er hatte den Titel gerade genannt, als sich ein besserer Kandidat aufdrängte.

»Nein, warte«, schob er deshalb schnell hinterher, »ich nehme *Rocky*.« *Rocky* war noch schlichter.

»Beides nicht schlecht«, sagte Kat, »aber leider falsch. Die richtige Antwort lautet *Tesafilm*.«

Scheiße, eine Scherzfrage! Das hätte er wissen müssen. So ironisch wie sie immer lächelte. Aber gut, zwei Chancen hatte er noch.

»Der nächste gesuchte Film ist ebenfalls sehr bekannt«, dozierte Kat. »Zusätzlich verbindet er gleich eine Vielzahl unterschiedlichster Themen: Erotik, Sport, Krankheit, Arbeit.«

Das erste, was Marek einfiel, war *Dirty Dancing*. Aber wo war da das Element, das sich mit Krankheit beschäftigte, wenn man mal davon absah, dass der ganze Film ein Gebrechen darstellte? Außerdem ging es ja nicht um Spielfilme. Sobald diese Erkenntnis erneut zu ihm durchgedrungen war, stellte sich die Antwort ganz von allein ein: »Ich hab's. Der Schweiß-Film, richtig?«

»Sehr gut. Punkt für dich.« Sie nickte anerkennend. »Mal sehen, ob du das dritte Rätsel auch so schnell knackst. Ein Film, der mit einem Hindernis zu tun hat, das dir, so du bei voller Fahrt mit ihm in Kontakt gerätst, den Tod bringen kann.«

Tödlich im Falle eines Kontakts? Bei voller Fahrt? Das war leicht. Das konnte nur der Ölfilm sein. Auch wenn der Begriff *Hindernis* nicht so ganz zu passen schien. Egal. Sicher war schon mehr als ein Autofahrer tödlich verunglückt, nachdem die Reifen seines Fahrzeugs mit einer Ölspur …

»Ähnlich bekannt wie die anderen beiden?«, fragte er im Gefühl des sicheren Triumphs.

»Oh, ja«, sagte sie.

Und so nannte er die Lösung.

Das amüsierte Lachen, das ihrer Kehle entstieg, entsprach dann allerdings so gar nicht der erwarteten Reaktion.

»Der Ölfilm? Nein. Titanic ist gemeint.« Sie lachte noch immer.

»Aber das ist doch gar keine Scherzfrage.« Marek konnte nicht verhindern, dass er leicht angesäuert klang.

»Genau das ist ja der Scherz.«

Nein, dachte Marek, der Scherz war, dass er jetzt zwei Stunden lang hier sitzen bleiben und sich irgendeinen Scheiß anhören musste, nur um am Ende mit einem Schuss Morphium entlohnt zu werden. Wie wirkte das überhaupt? Ficken verdammt, es ging nicht, dass er seine letzten Momente mit dieser Nervensäge vergeudete! Nein, das ging gar nicht. Er musste sich einen Trick einfallen lassen. Vielleicht versuchte er es erst mal mit Frechheit, die siegte ja bekanntlich immer.

»Und? Bekomme ich jetzt meinen Preis?«

»Nein, erst unterhalten wir uns. Du hast zwar ein ehrliches Gesicht. Aber ich bin nicht naiv, weißt du.«

»Aber die Reihenfolge, in der die Gewinne verteilt werden, war nicht abgemacht«, warf er ein.

Sie stutzte einen Augenblick, dann sagte sie: »Stimmt. Aber da ich zweimal gewonnen habe und du nur einmal, steht mir doch wohl die erste Wahl zu, oder?«

»Na gut, aber vorher lässt du mich wenigstens einen kurzen Blick auf das Zeug werfen. Ich bin ebenfalls kein Idiot.«

»Ich hol's gleich, keine Sorge. Willst du vielleicht was trinken? 'n Glas Cola oder so?«

Marek wollte schon ablehnen, besann sich dann aber. Nur kein Misstrauen aufkommen lassen.

»Ja, gern.«

Sie warf die Decke zurück und wuchtete ihre Beine über die Bettkante. Ein weiteres Mal pries Marek den Umstand, dass sie nicht nackt war.

Nicht, dass ihr die türkisfarbene Jogginghose und die weiße, ärmellose Bluse auch nur irgendwie gestanden hätten, dachte er, während er ihr dabei zusah, wie sie aus dem Zimmer watschelte. Aber nackt hätte er sie nicht ertragen, nicht nach allem, was ihm »ihr« Bild bei Thunder verheißen hatte.

»Was denkst du, wie lang es noch dauert?«, fragte sie, nachdem sie mit zwei Dosen Pepsi zurückgekehrt war und ihren Platz unter der Bettdecke wieder eingenommen hatte.

»Du meinst, bis es knallt? Keine Ahnung. Ich hoffe, lange genug, um noch was zu erleben.« Marek riss den Verschluss der Dose auf, trank einen Schluck und freute sich, dass er Kats Angebot nicht abgelehnt hatte. Er fühlte sich durstig.

Sie blieb beim Thema: »Und wenn es passiert, wie wird das sein?«

»Was weiß ich.« Marek hatte Mühe, nicht die Beherrschung zu verlieren. Auf nichts hatte er in diesem Moment weniger Lust als auf ein Gespräch über die anstehende Katastrophe. Aber er riss sich zusammen: »Wenn wir Glück haben, sind wir sofort tot. Wenn nicht … tja … berauscht zu sein, erscheint mir jedenfalls nicht die schlechteste Vorbereitung.«

»Apropos.« Sie fummelte kurz unter der Bettdecke herum und brachte dann eine kleine Ampulle zum Vorschein. »Hier, dein Gewinn.« Stolz hielt sie das gläserne Behältnis in die Höhe.

Und das war der Fehler, auf den Marek gewartet hatte. Er beugte sich vor, tat so, als würde er den Schriftzug *Morphin HCL* erst umständlich entziffern müssen, und ließ dann unvermittelt den rechten Arm vorschnellen. Ein kurzer, beherzter Griff und die Ampulle befand sich in seinem Besitz. Die Spritze, und was er sonst noch brauchte, würde sich später auftreiben lassen.

»Hey«, schrie Kat, »gib das wieder her!« Panik in ihrer Stimme.

Marek gab nichts drauf, schob sich das Morphin in die Hosentasche, schnappte sich seinen Rucksack und … und verspürte einen brutalen, beinahe betäubenden Schmerz an der rechten Schläfe. Verdammt, offenbar trat da auch Blut aus. Er griff sich an die Stelle und besah dann seine Finger. Nein, Blut war das nicht. Das war … Cola, scheiße noch mal! Die durchgeknallte Alte hatte ihm ihre Dose an den Kopf geworfen. Er hob den Blick und erschrak. Im Bett war sie nicht mehr. Wo sie sich stattdessen befand, erahnte er in diesem Moment nur zu gut. Und tatsächlich. Nachdem er sich mühsam aufgerappelt hatte, hatte er sie wieder vor Augen: Sie stand, den Rücken gegen das Holz gepresst, vor der geschlossenen Tür und hielt, als würde ihm das zusätzlich den Weg versperren, die Arme ausgebreitet wie ein Handballtorhüter in Erwartung eines Siebenmeters.

Er ging langsam auf sie zu.

»Komm, lass mich durch!«, sagte er. »Hat doch keinen Zweck, jetzt einen auf schlechten Verlierer zu machen.«

»Nein, du kannst nicht gehen. Du *musst* noch bleiben. Du hast es versprochen …«

»Ich habe gar nichts versprochen.«

»Aber ich kann doch nicht … Ich kann doch nicht allein …«

Er griff ihr an die Hüften, wollte sie sanft zur Seite schieben. Aber sie dachte gar nicht daran, sich wegschieben zu lassen. Also musste er mehr Druck aufbringen, musste ihr die Finger stärker ins Fleisch drücken.

Er keuchte, sie stöhnte, und dann hatte sie offenbar die Schnauze voll, griff ihm mit beiden Händen in die Ohrmuscheln (was äußerst schmerzhaft war) und verlagerte gleichzeitig derart viel Gewicht nach vorn, dass sie beide umfielen.

Zwar lösten sich ihre Finger daraufhin von seinen Horchorganen, dafür drückten ihre Massen ihm nun die Lungenflügel zusammen, was nicht weniger unangenehm war.

»Siehst du, du willst bleiben. Du willst bleiben«, zischte sie dabei immer wieder. So wie früher auf dem Schulhof, wenn einer der größeren Jungs *Gibst du auf? Gibst du auf?* geschrien hatte, während sich seine Knie qualvoll in Mareks Oberarmmuskeln gebohrt hatten.

Jetzt wie damals ein Gefühl der Hilflosigkeit. Aber heute würde er sich nicht demütigen lassen. Heute würde er die Antwort geben, für die ihm früher stets der Mut gefehlt hatte. Davon ab, musste er allein aus Selbstschutzgründen etwas unternehmen. Kats Körper war dermaßen schwer, dass ihm leicht eine Rippe brechen konnte, die sich dann mit ein bisschen Pech in seine Lunge …

Hektisch tastete seine Linke auf dem Boden herum (den rechten Arm hatten Kats Kilos komplett unter Kontrolle). Er brauchte etwas, das ihm dabei helfen konnte, seine Lage zu verbessern. Und hey, unfassbares Glück, begnadete Vorsehung, unergründliche Laune des Allerhöchsten: Er konnte eine Ecke seines Rucksacks fühlen. Der war ihm beim Sturz offenbar von der Schulter gerutscht. Vorsichtig, damit das kostbare Stück seiner Reichweite nicht wieder entglitt, öffnete er den ersten

Reißverschluss und schob die Hand in das dazugehörige Fach. Er ertastete die Packung Käse und ein Stück Brot, aber nichts, was hätte hilfreich sein können. Da musste doch irgendwo das Küchenmesser sein, das er, wenn er sich recht erinnerte, in ein Geschirrhandtuch gewickelt hatte, oder wenigstens die Taschenlampe. Nicht, dass er vorhatte, Kat damit zu verletzen. Es würde sicher schon genügen, ihr ein bisschen Angst einzujagen.

Im Moment war es allerdings Kat, die *ihm* Angst einjagte. Nicht nur, dass sie es ihm immer schwerer machte, Luft zu schöpfen, auch ihre Reden wurden unheimlicher.

»Wir machen es uns richtig gemütlich«, flüsterte sie gerade. »Und dann spielen wir noch ein Ratespiel, ja?«

Endlich bekam er etwas Glattes, Hartes zu fassen. Das war zwar nur das Fieberthermometer. Aber das musste genügen.

Er hob die Hand so weit, dass seine Widersacherin die behelfsmäßige Waffe gut erkennen konnte, dann sagte er, wobei er sich bemühte, möglichst gefühllos zu klingen: »Du kennst das hier sicher. Ein Fieberthermometer. Und zwar ein ganz altes. Noch mit Quecksilber gefüllt. Wenn ich dir das ins Gesicht ramme, kann das sehr unangenehm für dich werden.«

Sie brauchte einen Moment, um zu begreifen. Dann aber trat die Angst in ihre Augen.

Schnell setzte Marek nach: »Komm, steh auf. Das hier ist doch … *unwürdig*. Wir setzen uns wieder hin und dann reden wir. Und von mir aus können wir auch noch ein Spiel …«

Das wirkte. Sie brauchte einen kurzen Moment. Aber dann gab sie nach, löste sich langsam von ihm, was sich so anfühlte, als wäre er unter Sand begraben und würde nun endlich freigeschaufelt werden. Das gab ihm die Kraft zurück, die er brauchte. Vor allem aber war er diesmal auf Zack. Sie war noch nicht mal ganz auf den Knien, als er sich abrupt aufrichtete und sie mit beiden Händen von sich wegstieß. Nun war plötzlich sie es, die auf dem Rücken lag.

Der Schrei, den ihr Schreck und Unverständnis diktiert hatten, war noch nicht ganz verhallt, da hatte er sich schon den Rucksack gegriffen. Im großen Bogen lief er um sie herum und riss mit aller Gewalt an der Tür, deren Radius von ihrem Leib zum Glück nur so weit eingeschränkt wurde, dass er noch hindurch schlüpfen konnte. Und dann war er draußen, hastete durch den Flur wie ein Viehdieb auf der Flucht vor dem Lynchmob. Auch im Treppenhaus stoppte er nicht, nahm sämtliche Stufen im Laufschritt, bis er das Erdgeschoss erreicht hatte.

Dort hielt er endlich inne und griff lächelnd in die Hosentasche. Was er fühlte waren Glassplitter, Glassplit-ter! Dutzende winziger Scherben, an denen etwas Flüssiges haftete. Kats Fleischmassen hatten die Ampulle unwiederbringlich zerstört.

# 6

Der Verlust seiner Beute, der ja nichts anderes darstellte als Kats späten Triumph, deprimierte Marek so sehr, dass er sich minutenlang außerstande sah, eine Entscheidung über seinen nächsten Schritt zu treffen. Stattdessen beherrschten Selbstanklagen die Kommandobrücke. Er hätte besser gar nicht erst auf diesen Thunder-Fake reagiert. Und natürlich hätte er sich auch auf das alberne Ratespiel nicht einlassen sollen. Unter keinen Umständen aber hätte er diesem dicken, traurigen Mädchen Gewalt antun dürfen. Das war wirklich unnötig gewesen. Vor allem, wenn man sich das Ergebnis ansah. Er hätte seinen ursprünglichen Plan durchziehen und Kyra suchen müssen. Kyra! Der Gedanke an seine Gefährtin, an seine Verbündete, an seine *Sister in Crime* riss Marek aus seiner Lethargie.

Er warf einen Blick aufs Handy: 22 Uhr 09. Vielleicht bestand ja doch noch eine Chance, sie zu finden. Und selbst wenn nicht, er musste weiter, musste irgendwas tun, am besten was *auftun*. Etwas, das Spaß brachte, etwas, das ihn fortriss von den Schrecken der Wirklichkeit. Auf keinen Fall wollte er den Beginn des großen Finales auf diesem Fleckchen Bürgersteig erleben, schon gar nicht nüchtern. Also trabte er los. Grobe Zielrichtung: die Stelle, an der sich Kyras und sein Weg getrennt hatten.

Er war noch nicht weit gekommen, als er einen Schrei vernahm, einen ängstlichen Schrei, in den sich Zorn gemischt hatte. Gleich darauf schlug etwa dreißig Meter voraus etwas auf dem Boden auf. Das war, seitdem er von zu Hause aufgebrochen war, immer wieder mal vorgekommen. Aber diesmal war der Einschlag näher als die Male davor, diesmal hatte Marek den Umriss dessen, was da aufs Pflaster geklatscht war, besser erkennen können.

Und so begriff er endlich: Das waren keine Möbel, keine Flatscreen-Fernseher (wie er anfänglich geglaubt hatte), die da als letzter Gruß, als Abgesang auf die Konsumgesellschaft durch die Luft segelten. Das waren *Menschen*! Selbstmörder wahrscheinlich, gepeinigte Seelen, die das Warten, die die Ungewissheit nicht mehr aushielten. Marek hatte dergleichen schon einmal gesehen, als das World Trade Center damals zusammengekracht war. Aber das war im TV gewesen. Dies hier war echt.

Und es wurde noch echter, je näher er der Einschlagstelle kam. Der Körper grotesk verformt, als wären die

Gliedmaßen aus Gummi oder Knete. Unter der Leiche eine dunkle Lache (den Gedanken, der Mann – dass es sich um einen Mann handelte, war nicht zu übersehen – könne *nicht* tot sein, erlaubte sich Marek nur einen Wimpernschlag lang). Zwar wandte er auf den letzten zwei Metern den Blick ab. Das grausige Bild jedoch blieb an der Rückseite seiner Pupillen haften wie ein Insekt am Kühlergrill. Dazu kam der besorgniserregende Gedanke, dass so ein herabstürzender Körper gefährlich, ja, lebensgefährlich werden konnte – auch für ihn. *Lebensgefährlich* – wie lächerlich dieser Begriff mit einem Mal klang, und doch und doch …

Marek überlegte, ob die Leiber der Unglücklichen in ihrer Mehrheit nahe an der jeweiligen Hauswand aufschlugen oder eher zur Fahrbahn hin. Der, den er eben passiert hatte, war direkt vor dem Schaufenster eines Blumenladens gelandet. Also entschied er, auf die Straße zu wechseln.

Er war immer noch derart vom gerade Erlebten gefangen, dass er den Geländewagen, der sich ihm von hinten näherte, erst bemerkte, als der linke Frontkotflügel bereits neben ihm aufgetaucht war. Das nächste, was er wahrnahm, war eine Fahne, die aus dem geöffneten hinteren Fenster gehalten wurde: weiße, unverkennbar arabische Schriftzeichen auf schwarzem Grund. Was war das jetzt wieder? Der IS? Die Hamas? In jedem Fall weitere Irre, diesmal offenbar mit muslimischem Hintergrund. Darauf deutete auch die wilde Barttracht des Fahrers hin. Augenscheinlich verfiel im Angesicht des nahenden Himmelreichs *jede* Religion in Aktionismus.

Der SUV, dessen Geschwindigkeit ohnehin nicht recht hoch gewesen war, fuhr mittlerweile Schritttempo. Für Marek Grund genug, sich innerlich schon mal gegen einen Angriff zu wappnen.

Aber zumindest die erste Ansprache der Fremden – insgesamt zählte Marek vier Männer – verlief freundlich.

»Habibi, sollen wir dich ein Stück mitnehmen?«, fragte der Fahrer, dessen Fensterscheibe ebenfalls heruntergelassen war.

»Nein, danke«, gab Marek zurück und schüttelte zur Sicherheit mit dem Kopf.

Der Bärtige gab jedoch nicht so schnell auf: »Wir haben Tee. Und Kif. Diese ganz besondere Köstlichkeit für Menschen, die gern tagsüber träumen, wenn du weißt, was ich meine.«

Marek wusste nur zu gut, was gemeint war. Aber selbst wenn der Wagen bis unters Dach mit reinem kolumbianischen Kokain gefüllt gewesen wäre, hätte ihn dort niemand hineinbekommen. Denn wo religiöser Wahn regierte, und das war hier unzweideutig der Fall, gab es am Ende ja doch nichts zu holen außer Schmerzen, Angst und Entbehrungen. Demgemäß blieb nur eins, nämlich die Flucht, und zwar augenblicklich. Begünstigt wurde diese Idee durch ein Hindernis, das sich vor ihnen auftat: Eine Reihe ineinandergeschobener Einkaufswagen blockierte die Fahrbahn in ihrer gesamten Breite und zwang den Geländewagen zum Halten.

Marek zögerte keine Sekunde und rannte los, erst links an den Einkaufswagen vorbei, dann – entgegen seines gerade erst gefassten Entschlusses immer dicht an den Häuserwänden entlang – weiter geradeaus.

»Habibi, warte doch! Wir wollen dir helfen. Du musst abschwören«, rief ihm der Fahrer hinterher.

Dann hörte Marek eine Autotür zuschlagen. Also steigerte er die Geschwindigkeit, holte auch noch das Letzte aus sich heraus.

Erst als der Schmerz in seinen Lungen ihn fast einer Ohnmacht nahebrachte, warf er einen Blick über die Schulter. Zu seiner großen Erleichterung war kein Verfolger zu sehen. Marek beschloss dennoch abzuschwören, wie es der Bärtige verlangt hatte, und zwar dem Weglaufen. Er war in der letzten halben Stunde deutlich zu oft auf der Flucht gewesen. Also erst mal stehen bleiben, durchatmen, den Kreislauf runterfahren. Er zog sich in eine Toreinfahrt zurück, ging in die Hocke und begann, während er weiterhin die Straße beobachtete, den Rucksack zu durchwühlen. Da war das Messer, das er so vermisst hatte, als Kat auf ihm thronte, und da war auch das, wonach es ihn jetzt verlangte, nach wie vor heil und unbeschädigt, weil aus dickwandigem Glas: der Tullamore. Er schraubte die Flasche auf und machte das Brennen in seinen Atemwegen endgültig vergessen, indem er die irische Lebensflamme in seiner Kehle auflodern ließ.

Nach einem weiteren Schluck überkam ihn Heißhunger. Zwar waren von seiner letzten Mahlzeit noch Brot und Käse übrig. Aber das war noch nicht mal im Ansatz das, was er jetzt brauchte. Er brauchte Zucker, und zwar reichlich. Er wollte Schokolade und Pralinen und mindestens eine Tüte Gummibärchen. Er verstaute den Whiskey und setzte sich wieder in Bewegung. In dem herrschenden Chaos sollte es doch ein Leichtes sein, sich irgendwo mit ein paar Süßigkeiten einzudecken.

Er musste keine dreihundert Meter zurücklegen, als ihm die eingetretene Tür eines Toto-Lotto-Ladens eine unwiderstehliche Einladung aussprach.

Den Arm ausgestreckt, die Taschenlampe in der Hand, setzte er vorsichtig einen Fuß ins Innere. Unter seiner Sohle knirschte Glas. Natürlich war er nicht der erste – und auch nicht der zweite, dritte oder zehnte –, der sich hier die Taschen zu füllen gedachte. Die Verwüstungen, die der Lichtkegel einfing, deuteten auf äußerst regen *Publikumsverkehr* hin. Aber es war noch reichlich Ware da, mehr jedenfalls, als Marek erwartet hatte. Er griff sich ein paar Schokoriegel, danach stopfe er sich die Hosentaschen mit Kaugummi und Lutschbonbons voll. Nicht, dass er den Kram unbedingt gebraucht hätte, auf Kaugummi beispielsweise stand er gar nicht. Aber es war einfach ein grandioses Gefühl, mal so richtig aus dem Vollen schöpfen zu können. Pralinen hatte der Shop natürlich nicht vorrätig, dafür jede Menge Zeitschriften. Kurz war Marek versucht, sich etwas Pornographisches anzueignen, ließ es dann aber. Die Zeit der Surrogate war endgültig vorbei. Stattdessen gab er einem anderen Impuls nach und nahm eine edel wirkende Pfeife aus einer ansonsten leergeräumten Vitrine.

Als er seinen Blick auf den Boden lenkte und dort ein paar heruntergefallene Zigarettenschachteln entdeckte, steckte er auch davon zwei ein. Nicht, dass er noch daran glaubte, Kyra je wiederzusehen. Aber falls doch … Ein Geräusch an der Tür riss ihn aus seinen Gedanken. Drei Jugendliche drängten kichernd in den Laden. Schnell ließ Marek die Taschenlampe in seiner Jacke verschwinden und schob sich an dem Trio vorbei ins Freie.

Der erste Schokoriegel, den er sich keine fünf Meter weiter in den Mund schob, war zwar schon etwas angeschmolzen, schmeckte aber so gut wie lange nichts mehr.

Immer noch kauend – er war mittlerweile bei Riegel Nummer drei angelangt – erreichte er eine Kreuzung, von der aus die Straßensperre zu sehen war, an der er Kyra verloren hatte. Diesmal näherte er sich den Spinnern von der anderen Seite. Von Kyra dennoch keine Spur. Aber das war ja zu erwarten gewesen. Dafür entdeckte er andere Bekannte: die *Tee-und-Kif*-Fraktion. Langsam aber zielgerichtet schob der Geländewagen mit der markanten schwarzen Fahne ein paar der ineinander verkeilten Kleinwagen auseinander. Offenbar duldete die Mission, die seine Insassen umtrieb, keinerlei Umwege. Die Bürgerwehrhotten beantworteten dieses Manöver mit wütenden Attacken gegen die Karosserie, kassierten aber selber ebenfalls recht ordentlich. Denn die Bärtigen hatten tatsächlich etwas Flüssiges im Wagen, mit dem sie den angreifenden Mob immer wieder eindeckten. Dass es sich dabei um Tee handelte, wagte Marek zu bezweifeln, falls aber doch, musste es *extrem heißer* Tee sein. In jedem Fall war die Wirkung beeindruckend. Einer der Getroffenen, ein alter Sack in Tarnklamotten und 30-Loch-Ranger-Boots, wälzte sich nach einem Treffer derart schmerzverzerrt auf dem Boden, dass man hätte meinen können, eine Muräne hätte sich in einer seiner Augenhöhlen verbissen. Mareks Mitleid hielt sich in Grenzen.

Er wartete noch so lange, bis der Off-Roader endgültig durchgebrochen war (woran ja von Anfang an kein Zweifel bestanden hatte), warf noch einen letzten Blick auf die geschlagenen Verteidiger, die mittlerweile drei Verletzte zu beklagen hatten, und setzte sich dann wieder in Bewegung. Die Barrikade ein weiteres Mal zu umgehen, blieb dabei unausweichlich. Dass die Bürgerwehr gerade eine Schlappe erlitten hatte, war zwar erfreulich, aber nicht stimulierend genug, um selber ein Husarenstück zu starten. Außerdem war es egal, wohin er lief. Ein konkretes Ziel hatte er nicht mehr.

Ganz im Gegensatz zu den vielen religiösen Fanatikern, die nun endgültig ihre Stunde gekommen sahen. Die hatten wenigstens die ewigen Jagdgründe vor Augen, der muslimische Teil gar zweiundsiebzig Jungfrauen. Ob das allerdings wirklich so erstrebenswert war? Einer derart geballten Ladung Weiblichkeit gerecht zu werden, klang eher nach Arbeit denn nach Vergnügen. Außerdem war ja nicht garantiert, dass die Jungfern allesamt ansehnlich waren, oder doch? Was, wenn gerade die sechs Dutzend, die für dich vorgesehen waren, ausnahmslos eine Hasenscharte besaßen? Oder erbsengroße Pickel, aus denen in einer Tour übelriechender Eiter herausquoll? Oder dreckverkrustete Schnurrbärte? Dann warst du bis ans Ende aller Ewigkeiten am Arsch. Aber egal, wie albern die Vorstellungen von den verschiedenen Paradiesen auch sein mochten, eins brachten sie denen, die ihnen anhingen, allemal, nämlich Trost. Und Trost hätte ihm auch gutgetan. Gerade jetzt, so allein und planlos.

Von derlei Gedanken begleitet, durchwanderte Marek mehrere kleine Straßen, bog wahllos mal rechts, mal links ab, bis er, ohne dass er es gewollt hätte, den Boulevard Ali Agca erreichte. Linker Hand das Café Herpès, zu seiner Rechten das Kaufhaus Provenzano, direkt vor ihm der Eingang zu einer Unterführung, die ihn zum Agrarministerium bringen würde. Er überlegte, welche dieser Möglichkeiten er wählen sollte. Die schlauchartige Unterführung, in der wer weiß was lauern mochte, war zweifelsohne die gefährlichste. Also vielleicht nach rechts. Wenn ihn seine Erinnerung nicht trog, kam bald hinter dem Kaufhaus eine Tierklinik. Gesetzt den Fall es gab ein Hineinkommen, konnte er dort vielleicht … Auch das liebe Getier wollte schließlich betäubt werden, bevor es unters Messer kam. Und dann hörte er sie. Sie klang gewohnt aggressiv, aber aus ihrem Gebrüll war auch Furcht herauszuhören.

»Ich mach euch platt, ihr Wichser!«, schrie sie. Danach folgten weitere Schmähungen.

Woher die Schreie kamen, war unzweideutig: aus der Unterführung.

Marek zögerte keine Sekunde. Ohne auch nur einen Gedanken an die eigene Unversehrtheit zu verschwenden, stürzte er die Stufen hinunter. Dass er genau diesen Ort gerade noch hatte meiden wollen, spielte keine Rolle mehr. Kyra war in Gefahr. Und er war derjenige, der sie da rausholen würde.

Schon am Fuß der Treppe sah er sie. Sie lag auf den Fliesen unweit des Passbildautomaten. Über ihr zwei Männer, einer, der halb auf ihr hing, ein weiterer, der neben ihr kniete und versuchte, ihre Schultern auf den Boden zu drücken. Ein dritter stand direkt daneben und feuerte die beiden anderen Mistkerle an. Scheiße, das war nichts anderes als eine Vergewaltigung. Eine scheiß Gruppenvergewaltigung. Noch im Laufen riss sich Marek den Rucksack von den Schultern und öffnete den Reißverschluss. Diesmal bekam er das Küchenmesser schon mit dem ersten Griff zu fassen. Das Handtuch, in das die Klinge gewickelt war, schüttelte er ab.

In diesem Moment entdeckte ihn der Typ, der sich bis dahin aufs Anstacheln beschränkt hatte. Er sagte etwas zu den anderen, das Marek nicht verstand, da Kyra gerade besonders laut brüllte. Diesmal vor Schmerz, wie es schien. Und das war der letzte Anstoß, den es noch gebraucht hatte, um Marek sämtliche Hemmungen über Bord schmeißen zu lassen. Er holte aus, stolperte die letzten Meter mehr als dass er rannte und rammte das Messer in den feisten Hintern desjenigen, der auf Kyra lag, ja, wahrscheinlich schon seinen dreckigen Schwanz in ihr stecken hatte, stieß den gezackten Stahl in dieses riesige, obszön gespannte, blasse Stück Fleisch, das sich gerade noch hin und her bewegt hatte wie eine geöffnete Autotür bei voller Fahrt. Die Klinge drang überraschend leicht ein, wie in einen Laib Weißbrot oder einen Topfkuchen, stieß dann aber auf Knochen und wurde in ihrer Bewegung abrupt gestoppt. Marek war davon derart überrascht, dass er den Griff losließ und einen Schritt zurückfederte. Noch im selben Augenblick wurde ihm bewusst, dass er nun unbewaffnet war, und dass er, wenn er das ändern wollte, das Messer wieder aus dem Arsch des Arschlochs würde herausziehen müssen. Zum Glück aber blieb ihm das erspart, da das Trio in seiner Gesamtheit die Flucht ergriff. Zuerst rannte der Feigling davon, der sich auch vorher schon über die passive Rolle nicht hinausgetraut hatte. Ihm folgte der Typ, der versucht hatte, Kyra am Boden zu fixieren. Und schließlich schleppte sich, erst robbend, dann kriechend, auch derjenige außer Reichweite, der nun unbestreitbar die Besitzrechte an Mareks Küchenmesser innehatte.

Marek wartete, bis auch von dieser fast schon bedauernswerten Kreatur nichts mehr zu sehen war. Dann erst richtete er den Blick auf Kyra.

Die hatte sich unterdessen aufgesetzt und war dabei, Frisur und Garderobe wieder in die ursprüngliche Form zu bringen. Dafür stand ihr allerdings nur die linke Hand zur Verfügung, da die rechte das Teppichmesser hielt, das bereits bei René zum Einsatz gekommen war.

Sie winkte ihm damit zu, lächelte – anerkennend und überheblich zugleich – und sagte dann: »Du bist mir zuvorgekommen, Schätzchen. Ein paar Sekunden länger und ich hätte den Penner selbst erledigt. Trotzdem Danke.«

Marek wollte antworten, konnte aber nicht. Er hatte genug damit zu tun, dieses massive Zittern unter Kontrolle zu bekommen, das von eben auf gleich in seine Gliedmaßen gefahren war. Er hatte in der Schule mal eine Rede vor dem versammelten Jahrgang samt Angehörigen halten müssen und sich vor Angst fast eingenässt. Selbst da hatte er nicht so gezittert.

Kyra schien das glücklicherweise nicht zu bemerken. Sie verstaute das Messer in einer ihrer zahllosen Gürteltaschen und streckte den Arm aus, damit Marek sie hochziehen konnte.

»Kenn ich dich eigentlich?«, fragte sie, nachdem sie wieder stand. Im nächsten Moment bedachte sie ihn, wohl weil seine Miene verriet, wie sehr ihn diese Frage verstörte, mit einem weiteren Lächeln, diesmal einem spöttischen.

»Hey, war Spaß. Du hast nicht zufällig 'ne Kippe?«

Marek war gleich doppelt froh. Erstens, weil er so vorausschauend gewesen war, in diesem Toto-Lotto-Laden zwei Packungen einzustecken, zweitens, weil er für einen Moment wirklich geglaubt hatte, Kyra hätte ihn vergessen, schließlich hatte sie in den letzten Stunden nicht nur allerlei in sich hineingekippt, sondern auch allerlei erlebt. Tatsächlich wirkte sie jedoch überraschend nüchtern, als sie nun das Cellophan von der Schachtel entfernte. Sie steckte sich ein Stäbchen zwischen die Lippen und bot auch Marek eins an. Der war kurz davor zuzugreifen, ließ es dann aber. Er hatte keine Lust, Kyra etwas vorzuhusten.

Während sie in kurzen Intervallen inhalierte, wanderte ihr Blick gedankenverloren zu einer der Neonleuchten.

»Dem Bastard hast du's ordentlich besorgt. Sah aus wie ein gestrandeter Schwertfisch, als er so davongerobbt ist. Ein Schwertfisch, dem das Schwert aus dem

Arsch wächst.« Sie lachte. Verschluckte sich. Hustete. Lachte weiter.

Marek lachte mit, obwohl ihm das Bild mit dem Schwertfisch alles andere als gefiel. Er mochte Fische, hatte als Kind mehrere Jahre lang ein Aquarium besessen. Scheiß drauf! Was waren sentimentale Erinnerungen gegen ein Kompliment aus dem Mund einer Kriegerin wie Kyra. Marek verspürte Stolz. Stolz und Übermut. Er war ein gottverdammter Held, ein Typ wie 007. Erst die Dame aus einer tödlichen Gefahr retten und sie gleich darauf mit dem so heißgeliebten Nikotin versorgen. Am liebsten hätte er sich gleich den nächsten Angreifer zur Brust genommen.

»Komm, wir setzen uns«, sagte Kyra, nachdem sie wieder zu Atem gekommen war.

Sie wies mit der Hand auf die Stufen, die Marek gerade noch im Laufschritt genommen hatte. War das wirklich erst ein paar Minuten her gewesen?

»Hast du noch welche von diesen Pillen?«, wollte sie wissen, nachdem sie Platz genommen hatten.

Marek verspürte einen minimalen Stich. Ein wahrer Held löste jedes Problem, aber die Medikamente waren alle, samt und sonders von Kyra selbst verputzt. Der rettende Gedanke ließ zum Glück nur kurz auf sich warten: der Tullamore!

Marek zog die Flasche aus dem Rucksack und reichte sie an Kyra weiter. Die pfiff anerkennend durch die Zähne.

»Hey, nicht schlecht.« Sie schraubte mit geübtem Griff den Verschluss auf. »Erzähl mal, wie es dir in der Zwischenzeit ergangen ist.«

Und Marek erzählte. Hauptsächlich von seiner Begegnung mit Kat und dem Geländewagen voller Islamisten. Im ersten Teil seiner Schilderung ließ er allerdings einige Details aus.

Ohne sich dessen richtig bewusst zu werden, trank er zwischendurch immer mal wieder vom Whiskey, den Kyra ihm bereitwillig hinhielt. Derart befeuert, ließ er sich irgendwann hinreißen.

»Sag mal, wie erträgst du das eigentlich? Also zu wissen, dass … dass es nie …?« Er wies auf ihren gewölbten Bauch, dieses unverkennbare Zeichen einer Schwangerschaft.

Sie reagierte erst gar nicht, starrte stumm einem Rauchkringel hinterher, bis derselbe sich auflöste und im Nichts verschwand. Und Marek dachte schon, sie hätte ihn nicht verstanden. Aber dann flippte sie völlig aus.

»Das geht dich nichts an! Das geht dich verdammt noch mal nichts an, du blöder Wichser«, schrie sie mit sich überschlagender, völlig entfesselter Stimme.

Sie war währenddessen aufgesprungen, stand nun vor ihm und beugte sich zu ihm herab, wobei der Arm mit der Flasche bedrohlich nach hinten schwang. In ihren Augen glomm eine Wut, die Marek Schauer über den Rücken jagte.

Ihre Stimme senkte sich nun, verlor aber nichts von ihrer Eindringlichkeit, wie auch der Ausbruch insgesamt nicht an Wucht verlor.

»Halt die Fresse, okay?! Halt einfach deine dumme Fresse«, sagte sie und zwang ihm ihren Blick auf, bis er den seinen beschämt gen Boden richten musste.

Und damit war der Höhepunkt offenbar überschritten. Sie kehrte ihm den Rücken zu, was in Marek den Gedanken aufkommen ließ, sie könne womöglich Tränen vor ihm verbergen. Obwohl sie ihn gerade noch so heftig in die Enge gedrängt hatte, verspürte er den dringenden Wunsch, sie zu umarmen, traute sich dann aber nicht.

Als sie sich wieder umwandte, sagte sie: »Los! Wir machen jetzt 'ne Apotheke. Wir machen endlich diese scheiß Apotheke!«

# 7

»Hey, tut mir aufrichtig leid, dass ich das Thema …«, sagte Marek, nachdem sie die ersten siebzig, achtzig Meter schweigend nebeneinanderher gelaufen waren. Und er meinte das tatsächlich so, wenn es ihm in erster Linie auch für ihn selbst leid tat. Er hatte ohne Not Kyras Gunst verspielt. Das war schon mehr als bedauerlich.

»Lass gut sein. Ist ja sowieso bald alles vorbei. Dann kannst du dich in der Hölle entschuldigen.« Sie klang bissig. Aber da war auch die Andeutung eines Lächelns zu erkennen. Dankbar ergriff Marek die Gelegenheit, das Thema zu wechseln.

»Was denkst du, wie viel Zeit bleibt uns noch?«

»Keine Ahnung. Ein paar Stunden? Würde mich nicht wundern, wenn jeden Augenblick so ein scheiß Feuerball auf uns zugerast kommt.«

Bei diesem Bild zog sich unweigerlich Mareks Magen zusammen. Denn sie hatte ja Recht. Das, was da draußen auf sie wartete, konnte sich in jeder Sekunde über sie ergießen. Instinktiv richtete er den Blick gen Himmel und ... »Vorsicht!« Er konnte Kyra gerade noch zur Seite reißen, dann erfolgte auch schon der Einschlag. Eine Frau diesmal. Noch keine dreißig. Ein Spritzer ihres Blutes traf seine Stirn. Verdammte Selbstmörder.

Kyra sah erst ihn an, dann den zerschmetterten Körper, dann wieder ihn.

»Fuck, das wird jetzt aber nicht zur Gewohnheit, dass du mir das Leben rettest, oder? Lohnt sich doch gar nicht mehr.« Sie brach in lautes, ausuferndes Gelächter aus. Und Marek konnte gar nicht anders, als mit einzustimmen. Es dauerte lange, bis sie sich wieder eingekriegt hatten.

Nahm man mal die drei Arschlöcher aus, die es auf Kyra abgesehen hatten, war die Unterführung regelrecht verwaist gewesen. Wer wollte aktuell auch schon zum Agrarministerium? Je weiter sie sich nun aber den Boulevard Ali Agca hinaufarbeiteten, desto voller wurde es. Hauptsächlich Männer, zumeist allein, selten zu zweit, aber das musste nicht so bleiben. Und was passieren konnte, wenn sie auf eine größere Gruppe stießen, davon kündeten die begehrlichen Blicke, die Mareks Begleiterin auf sich zog. Einige glotzten derart ungeniert, als ob sie sich unsichtbar wähnten, erweckten den Eindruck, niemals so etwas wie Schamgefühl besessen zu haben. Aber auch von den Frauen – ausnahmslos alt, abgefüllt und überdreht – kam nichts Gutes. Aus einigen Gesichtern sprach unverhohlener Hass, andere trieb einfach nur der Übermut. Eine besonders Durchgeknallte, etwa siebzig, in einer Art Feenkostüm, das sie sich aus Alufolie zusammengebastelt haben musste, versuchte Marek anzuspucken und verfehlte ihn nur, weil er geistesgegenwärtig den Kopf zur Seite warf. Eine zweite, noch ein Stück älter, mit der Haut einer Sumpfschildkröte und Pupillen groß wie Treckerreifen, griff ihm im Vorbeilaufen mit schmerzhafter Heftigkeit in den Schritt.

Die Gründe für dieses befremdliche, ja geradezu groteske Benehmen waren zweifelsohne im Bewusstseinszustand der Damen zu suchen. Die meisten waren wohl einfach schon zu lange auf Kirmes.

Als Marek ein Stück Heizungsrohr entdeckte, das jemand dazu verwendet hatte, das Schaufenster einer Dessous-Boutique zu zertrümmern, brauchte er nicht eine Sekunde zu überlegen, bevor er zugriff.

»Schiss?«, fragte Kyra angesichts seiner Bewaffnung.

»Yes, Mam«, gab Marek zurück. »Und das zu Recht, wie ich finde.«

»Keine Sorge. Ist nicht mehr weit.«

Und wirklich, nach nicht mal zweihundert Metern erreichten sie eine kleine Shoppingmall, an deren Fassade das unverkennbare rote Apotheken-A prangte. Im Eingangsbereich eine Gruppe jüngerer Männer, die wie entfesselt auf einen Einzelnen einschlugen. Marek sah nur kurz hin, registrierte die Gewaltorgie mit nicht mehr als einem Seitenblick. Bloß schnell weiter, bloß nicht noch in etwas hineingezogen werden.

Erwartungsgemäß war die Apotheke bereits heimgesucht worden, und das offenbar von einer größeren Personenzahl. Die Zerstörungen jedenfalls waren massiv. Die Scheiben waren in der gesamten Breite der Ladenfront zertrümmert, im Innern stand nichts mehr an seinem Platz. Im Schein von Mareks Taschenlampe wateten sie durch ein Meer aufgerissener und zertretener Medikamentenpackungen. Ein paarmal bückte sich Kyra, hob etwas auf, warf es dann aber sogleich wieder weg.

»Kann doch nicht sein, dass hier gar nichts mehr zu finden ist«, fluchte sie. Und dann: »Komm, wir versuchen es im hinteren Bereich.«

Sie schob sich gerade am Tresen vorbei, als sich eine Stimme vernehmen ließ.

»Einen Schritt weiter und das war's für euch!«, tönte es aus dem Halbdunkel eines Durchgangs.

Marek riss die Taschenlampe hoch.

Ein Typ im kurzärmeligen weißen Kittel, schütteres Haar, kalkweißes Gesicht, spindeldürr, auf einem schwarzen Plastikklappstuhl. Ein Gespenst aus dem Schachbrettmuseum. Der Apotheker wahrscheinlich. In der rechten Hand hielt er eine geladene Armbrust, in der linken Ellenbeuge steckte eine Spritze.

»Ich weiß, dass ihr mindestens zu zweit seid. Aber einen von euch nehme ich mit, falls ihr es wagen solltet …«

»Ganz ruhig«, sagte Kyra, die wie Marek stehengeblieben war. »Wir wollen nur was zu ballern, irgendwas, das uns ein bisschen abheben lässt.«

»Da seid ihr nicht die ersten.« Der Weißkittel lachte bitter auf. »Bin zu spät gekommen. Hab zu Hause viel zu lange …« Er brach ab, sagte dann: »Das gesamte Erbe meiner Eltern steckt in diesem Geschäft. Später hätte meine Tochter mal … Aber alles lasse ich mir nicht nehmen. Alles bekommt ihr nicht, ihr Diebespack. Mein Vater hatte recht, als er damals sein Kreuz bei den Nationalen … Und auch ich hätte längst … ja, das hätte ich …« Er verlor erneut den Faden, war von dem, was er sich in die Vene gejagt hatte, offenbar schon ziemlich hinüber. Die Armbrust machte ihn aber weiterhin gefährlich.

Kyra schien das ähnlich zu sehen.

»Hey, lass gut sein. Ist doch sowieso bald alles Geschichte, Schutt und Asche, atomarer Staub, was weiß ich. Komm, ich blas dir erst mal schön einen.«

Als sie einen Schritt nach vorn tat, schnellte die Armbrust augenblicklich nach oben.

»Ich bezweifle, dass dieses Vorhaben von Erfolg gekrönt sein würde.« Der Apotheker wies mit dem Kopf auf die Spritze, die aus seinem verknöcherten Arm herausragte wie der Mast aus einem Schiffswrack.

»Aber meine Titten willst du dir sicher angucken, oder?«

Während Kyra ihre Jacke abstreifte, riskierte sie zwei weitere Schritte. Größere diesmal.

Der Apotheker dagegen zögerte, brachte die Waffe zu spät in den Anschlag, und das wurde ihm zum Verhängnis. Ein letzter Schritt nach vorn, dann riss Kyra das rechte Bein hoch und kickte dem Alten die Armbrust ansatzlos aus der Hand. Der war so überrascht, dass er noch nicht mal einen Laut von sich gab.

»Los schnell!«, rief Kyra Marek zu, bevor sie sich selbst auf den Weißkittel stürzte, ihm den rechten Arm um den Hals schlang und ihn so vom Stuhl beförderte.

Als Marek bei ihr war, gab es nicht viel mehr zu tun, als die Knöchel des Alten festzuhalten. Dafür genügte, wie er schnell bemerkte, eine Hand, und so machte es keine Mühe, mit der Taschenlampe in das blasse Gesicht zu leuchten. Soweit der Blick über Kyras Schulter das erkennen ließ, war es nicht allzu gut um den klapprigen Drogisten bestellt. Seine Pupillen waren zu einem Großteil unter den Lidern verschwunden, seine Wangen so fahl wie ein Leichentuch.

Für Kyra kein Grund, ihn zu schonen.

»Hey, wo hast du den Stoff versteckt, den du dir selber eingepfiffen hast?«

Der Alte murmelte etwas, das so klang wie *zu weich, immer zu viel weich*, dann driftete er endgültig ins Nirwana hinüber.

Kyra verpasste ihm eine Ohrfeige, wiederholte dann ihre Frage. Der Abdruck ihrer Hand ließ Marek an Sonnenbrand denken, an diesen kurzen Test, den die meisten machen, wenn sie wissen wollten, wie heftig es sie erwischt hatte. Häufig lautete das Ergebnis: weiße Finger auf rotem Grund. Hier war es umgekehrt.

Sonnenbrand würde er sicher nie wieder erleben, dachte Marek. Oder wenn doch, dann einen ganz heftigen. Einen, der dir das Fleisch in großen Stücken von den Knochen tropfen ließ und damit einen ganz anderen Namen verdient hätte, Sonnenfraß etwa.

Noch einmal trafen Kyras Finger mit lautem Knall auf die eingefallene Wange. Aber auch der zweite Schlag half nichts. Der Apotheker blieb so stumm wie ein altgedienter Hells Angel im Polizeiverhör.

Daraufhin begann Kyra, die Taschen seines Kittels zu durchwühlen, förderte aber nichts zu Tage. Entnervt sprang sie auf, stieg über den Liegenden hinweg und begab sich in den Bereich, der ursprünglich dem Personal vorbehalten war. Marek folgte ihr. Auch hier herrschte ein Riesendurcheinander, bestand der Boden aus Scherben, zertretenen Verpackungen und ausgeleerten Arzneiflaschen. Für einen kurzen Moment erweckte ein umgekippter Metallschrank Kyras Interesse, aber auch hier war ihnen jemand zuvorgekommen. Die Tür war aufgebrochen, die Fächer leer.

Kurz darauf dann doch noch ein Treffer. In einem kleinen Raum ganz am Ende des Ladens befand sich ein in die Wand eingelassener Tresor. Unbeschädigt.

»Komm, gib mir mal die Lampe«, befahl Kyra. Und Marek gab sie ihr.

Den Griff zwischen die Zähne geklemmt, begann Kyra am Schloss herumzufummeln. Erst mit der Spitze ihres Teppichmessers, dann mit einer Haarklammer, die sie aus ihrer roten Mähne zog. Erfolg brachte beides nicht.

»Scheiße, gottverdammt!« Sie schlug ihre Faust gegen den Stahl. Dann sagte sie an Marek gerichtet: »Komm. Irgendwo muss der alte Bastard einen Schlüssel haben.«

Sie kehrten zum Apotheker zurück, der zwar, wie sein röchelnder Atem verriet, noch am Leben war, aber nicht den Eindruck erweckte, dass dieser Zustand länger als ein paar Minuten anhalten würde.

Kyra ging in die Hocke, packte eins seiner auffallend großen Ohrläppchen und zog unsanft daran.

»Hey, Meister, wo ist der Tresorschlüssel? Verstehst du mich? Wo hast du den verschissenen Schlüssel versteckt?«

Zu Mareks Überraschung bewegte der Apotheker die Lippen, es brauchte allerdings ein bisschen, bis sich etwas Hörbares herausbildete. Es klang wie *indeimarsch*.

»Hat er gerade *in deinem Arsch* gesagt?« Kyra wirkte wenig amüsiert, weshalb Marek es vorzog, die Frage unbeantwortet zu lassen.

Er rechnete fest damit, dass seine Gefährtin ein weiteres Mal Gewalt anwenden würde. Aber die schien mittlerweile ebenfalls von der Sinnlosigkeit ihrer Befragung überzeugt.

»Scheiß drauf«, sagte sie, »begnügen wir uns eben mit dem, was die Aasgeier und Hyänen uns übriggelassen haben.«

Sie ließ von dem Alten ab, drehte noch einmal eine Runde durch das Chaos, diesmal mit der Taschenlampe in der Hand. Und sammelte entgegen ihrer pessimistischen Ankündigung dann doch allerlei ein, wobei Mareks Rucksack als »Erntekörbchen« diente.

Marek, der wenig Lust verspürte, neben dem halbtoten Apotheker auszuharren, ja, demselben am Ende noch beim Krepieren zuzusehen, hatte sich ein paar Meter wegbewegt und sich auf die Kante des Tresens gesetzt. Während er von dort aus den tanzenden Lichtkegel beobachtete, der Kyras Beutezug markierte, verspürte er mit einem Mal eine bleierne Müdigkeit. Er hatte Mühe, die Lider offenzuhalten. Und das war kein Wunder, war er doch bereits seit den frühen Morgenstunden auf den Beinen. Ihn überkam eine unbändige Lust, sich auszustrecken, eine Matratze unter den schweren Gliedern zu spüren.

Und vielleicht war das ja des Rätsels Lösung: ein halbwegs sicheres Plätzchen finden, sich dort zusammenrollen und dann sanft hinüberdriften ins Reich der Träume. Wer schläft, verpasst das Leben – hieß es nicht so? Und war das in diesem Fall nicht das Cleverste, also das Leben verpassen? Dieses Negativ dessen, was sich einst *beschaulicher Alltag* genannt hatte?

Während Marek sich ausmalte, mit welchen Träumen er diesen, seinen wahrscheinlich letzten Schlaf zu einem echten Fest machen würde, wäre er um ein Haar tatsächlich weggedämmert. Aber dann stand Kyra plötzlich vor ihm und sagte: »Wir haben jede Menge zum runterkommen, aber nur wenig zum anturnen. Wir nehmen also erst mal ein paar Downer und kombinieren die dann mit ordentlich Alkohol, damit wir nicht so abschlaffen. Haben wir noch Whiskey?«

»Ist leider alle«, antwortete Marek wahrheitsgemäß.

»Gut, dann besorgen wir neuen. Komm!«

Den Rucksack über der Schulter begab sich Kyra zum Ausgang und wandte sich dann nach rechts. Marek folgte ihr, widerstand der Versuchung, sich noch einmal nach dem Apotheker umzudrehen.

Sie drangen weiter ins Innere der Mall vor, passierten ein Schuhgeschäft aus dem Rauchschwaden quollen, was Kyra mit der Bemerkung quittierte, dass sie voranmachen müssten. Dann ging es eine Rolltreppe hinunter zu einem im Untergeschoss angesiedelten Supermarkt. Nacheinander kamen ihnen zwei Typen entgegen, die sich unübersehbar am Spirituosenregal bedient hatten. Der eine trug gleich mehrere bis zum Rand mit Flaschen gefüllte Plastiktüten, der andere begnügte sich mit zwei Litern Jägermeister – einen in jeder Hand. Die Chance, selbst noch etwas von der begehrten Flüssigkeit – aktuell sicher die anerkannteste Währung – abzugreifen, schien also vorhanden. Instinktiv beschleunigte Kyra den Schritt. Und Marek tat es ihr nach.

Kurz hinterm Eingang, zwischen den Trümmern eines zerstörten Obst-und-Gemüse-Stands, lag ein Mädchen, etwa vierzehn Jahre alt. Sie war halbnackt und wimmerte kläglich, aber das hielt Kyra nicht davon ab weiterzueilen, und auch Marek sah nur kurz hin. Was hätte er auch tun können? Ihr mit bloßen Händen den Gnadenstoß versetzen?

Kyra schien sich auszukennen, jedenfalls erreichten sie die Getränkeabteilung ohne Umwege. Dort empfing sie ein Meer aus Scherben und vergossenem Wein, ein Gestank so betäubend wie ein Saunaaufguss aus Sekundenkleber und Abbeizmittel. Aber sie wurden fündig. Kyra barg zwei unversehrte Flaschen Rosé, Marek entdeckte einen Sechserträger Heineken und 0,7 Liter Moskovskaya.

So schnell wie sie gekommen waren, begaben sie sich wieder zum Ausgang. Das Mädchen hatte aufgehört zu wimmern. Ihre Augen waren geschlossen, die Hände hatten sich in die mit Hämatomen übersäten Oberschenkel gekrallt. Mit all den zermatschten Paprika und Tomaten, die sie umgaben, sah sie aus wie der übriggebliebene Rest eines Nudelauflaufs. Am liebsten hätte Marek sich sofort ein Bier aufgemacht, aber er traute sich nicht, wollte warten, bis seine Begleiterin das Startsignal gab.

Der Rauch im Erdgeschoss hatte unterdessen so stark zugenommen, dass sie sich gezwungen sahen, eine kurze Strecke im Laufschritt zurückzulegen.

Als sie wieder im Freien standen, hielt Kyra kurz inne.

»Gib mir mal 'nen Schluck«, sagte sie und wies auf den Wodka.

Marek gab ihr die Flasche und knackte direkt danach ein Heineken. Es war deutlich zu warm, vermochte aber dennoch ein Gefühl der Erleichterung hervorzurufen. Endlich etwas zum Festhalten!

»Wir brauchen einen Platz, der safe ist und vielleicht nicht allzu ranzig. Irgendwas, wo es sich gut abhängen lässt«, sagte Kyra und schob sich eine Zigarette zwischen die Lippen.

Marek war versucht, seine Wohnung vorzuschlagen. Aber die lag zu weit entfernt. Und wie es aussah, hatte Kyra schon selbst einen Ort ins Auge gefasst.

»Die Schwimmhalle der Universität ist gleich um die Ecke«, sinnierte sie, während die Hand mit dem Feuerzeug auf halbem Weg verharrte. »Die bietet doch allerhand Möglichkeiten.«

Marek verspürte wenig Begeisterung angesichts dieser Vorstellung. Er hatte Schwimmbäder nie gemocht. Die kalten Fliesen, ja, das Freudlose der Räumlichkeiten überhaupt, das gestrenge Regiment der Bademeister, der weitestgehende Verzicht auf Kleidung, der Chlorgeruch, die Gefahr von Fußpilz und anderen Infektionskrankheiten. Auch das Eintauchen selbst hatte ihm stets Unbehagen bereitet. Auf der anderen Seite bestand natürlich die Möglichkeit, dass Kyra die Lust überkam, ein Bad zu nehmen, und wenn sie das tat, würde sie sicher nackt ... wie auch er selbst, so er ihr es denn gleichtat.

Und so widersprach er nicht, sondern nickte nur knapp, als sie ihn ansah, um herauszufinden, wie er den Vorschlag aufnahm.

»Gut, gehen wir schwimmen«, entschied sie und ließ endlich eine Flamme aus dem Feuerzeug hervorschießen.

Ohne die Kippe aus dem Mund zu nehmen, sagte sie: »Wir brauchen nur ein paar Minuten, also können wir uns guten Gewissens schon mal was einpfeifen.«

Sie nahm den Rucksack von der Schulter und zog nach kurzem Herumwühlen zwei Tablettenstreifen heraus.

»Nimm erst mal eine Valium und zwei Faustan«, wies sie Marek an, während sie die Pillen aus der Verpackung drückte und in seine Hand fallen ließ.

Sich selbst teilte sie die doppelte Menge zu.

Aufregung überkam Marek. Eine freudige Anspannung, wie er sie in der kurzen Phase erlebt hatte, in der er sich von Mitschülern zum Konsum von Cannabisprodukten hatte hinreißen lassen. An viele Momente dieser Zeit erinnerte er sich noch gut. Der erste Joint und das ebenso gespannte wie vergebliche Warten auf irgendeine Wirkung, die nicht enden wollenden Lachflashs, die Heimlichtuerei und das aufgeblasene, fast mystische Gebaren rund ums Aufbröseln, Bauen und Rauchen. Vor allem aber erinnerte er sich an die vielen Stunden des Nichtstuns. Wie oft hatten sie in irgendeinem Auto vor irgendeinem Wohnblock gesessen und darauf gewartet, dass derjenige, der sich anerboten hatte, den Stoff zu besorgen, endlich zurückkam. Marek war selten derjenige gewesen, auf dessen Rückkehr andere hatten lauern müssen. Er hatte einfach nie die *Connections* gehabt, wie das damals hieß. Auch sonst hatte er nicht gerade zu den coolsten Kiffern unter der Sonne gezählt. Nicht selten musste er sich Spott anhören, weil er es einfach nicht hinbekam, sich die Tüte vorschriftsmäßig zwischen die Lippen zu klemmen, sondern meist viel zu tief in den Mund steckte, was ein unschönes Durchnässen des Filters zur Folge hatte.

Besonders einer hatte ihn immer schikaniert. Marek erinnerte sich nur an den Spitznamen: Iltis hatte der Arsch geheißen; Iltis, weil er es mit der Körperhygiene nicht allzu genau nahm. Nun würde der kleine Stinker, so er nicht ohnehin schon gestorben war, in Kürze, ja, in *kürzester* Kürze das Zeitlich segnen – wie alle anderen auch. Das war zweifelsohne ein Trost. Schade nur, dass Marek ihm nicht mehr würde aufs Grab pissen können. Unweigerlich musste er an den Moment denken, in dem Kyra sich auf Renés Teppich erleichtert hatte. Oh Lord, wie scharf ihn das gemacht hatte. Auch René hätte die Szene sicher gefallen. Das Großmaul hatte alles gemocht, was irgendwie abseitig daherkam. Sicher war auch die Strafe, die René in der Hölle empfing, eine abseitige. Marek stellte sich vor, wie der Schmock dort ohne Unterbrechung alle fünf Sekunden ein anderes Paar aus seiner Sammlung ungetragener

Turnschuhe anzuziehen hatte, natürlich begleitet von Dancefloor und Mainstream-Techno.

Kyra unterbrach seine Gedanken.

»Hey, vergiss nicht nachzuspülen«, sagte sie.

Und damit schmiss er sich die Tabletten nun endlich in den Hals und goss einen großen Schluck Bier hinterher. Möge ab sofort kommen, was wolle. Er war *dabei.*

Während sie in Richtung Schwimmbad liefen, begann Marek in sich hineinzuhorchen. Er *wusste,* dass sich so schnell keine Veränderung in seiner Wahrnehmung einstellen würde, konnte den Zwang aber nicht unterdrücken. Dann kam ihm der Iltis noch einmal in den Sinn, besser: das Bild, wie er mit breitem, goldgelbem Strahl seinen Vornamen in die frisch ausgehobene Erde schrieb, unter der diese Karmabremse mit seinen Ausdünstungen selbst noch die Maden und Würmer in die Flucht schlug. Daraus resultierten Fragen nach anderen, nach *ernsthaft* verpassten Gelegenheiten. Hatte er etwas versäumt? Einen Fallschirmsprung, eine Weltumsegelung, einen Bankraub? Er hatte nicht das Gefühl, verspürte kein Bedauern bei den entsprechenden Bildern. Sicher, was die Berufswahl anging, hatte er gewaltig danebengegriffen. Wenn er nur an das enervierende Auswählen von Schrifttypen dachte, oder das zeitraubende manuelle Ausgleichen von Zeichenabständen und Absätzen. Gar nicht zu reden von der Kundschaft, all die verhinderten Kreativen und überkandidelten Selfmade-Typen, die mit völlig schwachsinnigen, noch nicht mal ansatzweise realisierbaren Ideen ankamen, sich aber einfach nichts sagen lassen wollten. Nur, was wäre die Alternative gewesen? Selbst ein überkandidelter Einzelhändler oder Restaurantbesitzer zu werden?

Vielleicht hätte er mehr Erfahrungen mit Frauen sammeln sollen. Aber was würden ihm die jetzt noch nützen? Im besten Fall ergäben sie einen kurzen Porno im Angesicht des Todes. Aber diese letzten zwanzig Sekunden würden sich bei der Erinnerung an einen schnöden Samstagnachmittag auf der Couch sicher auch nicht wesentlich länger anfühlen. Er warf einen Blick auf Kyras Nacken. Nein, auf die Vergangenheit war geschissen. Wichtig waren einzig und allein die Erfahrungen, die er noch sammeln *würde*.

# 8

Das Treiben auf den Bürgersteigen hatte an Heftigkeit eher noch zugenommen. Aber Marek nahm diesen Karneval der Psychopathen, das Heulen und Stöhnen, die irren Blicke und wirren Reden längst nicht mehr so intensiv wahr wie noch ein oder zwei Stunden zuvor. Selbst als eine menschliche Fackel an ihm vorbeitorkelte, irgendeine arme Sau, die man offenbar mit Benzin übergossen und angezündet hatte und der nun eine johlende Meute folgte, als würde es aus den Flammen nicht verbrannte Fleischbröckchen, sondern Kamelle regnen, reagierte sein Bewusstsein darauf nicht anders als auf eine x-beliebige Zeichentricksequenz.

Die Stille, die sie empfing, als sie die Schwimmhalle erreichten, empfand er dennoch als wohltuend. Das muschelförmige Gebäude lag gänzlich im Dunkeln, schien vom Wahnsinn der Welt vollkommen unberührt, was sicher damit zu tun hatte, dass es dort nichts zu holen gab, keinen Alkohol, keine Drogen, kein Fickfleisch. Längst hatte er die zweite Dose geöffnet, und in Gedanken war er schon bei der dritten. Das bittersüße Gesöff lief ihm durch die Kehle wie Wasser nach einer ausgedehnten Fahrradtour im Hochsommer.

Die Eingangstür wies keinerlei Beschädigungen auf. Ein weiterer Beleg für Kyras Annahme, dass sie hier die Ruhe finden würden, die sie benötigten. Um ins Innere zu gelangen, brauchte es nicht viel. Ein kräftiger Stoß mit einem metallenen Fahrradständer, den sie auf Kyras Geheiß hin als Ramme benutzten, und die Tür gab nach wie eine Scheibe Knäckebrot.

Angenehmes Dämmerlicht und so gut wie kein Geräusch zu vernehmen – auch im Inneren fand sich kein Hinweis, dass sich außer ihnen jemand im Gebäude aufhielt.

Sie durchquerten die Eingangshalle und die Umkleide, ließen die Duschen links liegen und erreichten schließlich das Schwimmbecken. Kyra warf sich auf eine der Liegen, und auch Marek ließ sich nicht lange bitten, streckte sich auf dem billigen Plastik aus und schloss kurz die Augen. Schon im nächsten Atemzug richteten sie sich wieder auf, einfach, weil es sich in der sitzenden Position besser trinken ließ. Kyra kippte abwechselnd Wodka und Rosé in sich hinein, Marek hielt sich ans Bier.

Das Wenige, was an Licht von außen hinein drang, genügte, um die Wasseroberfläche verführerisch schimmern zu lassen. Das Bild, das sich ihm bot, hatte so gar nichts von der kalten, abschreckenden Atmosphäre aus Jugendtagen, wirkte vielmehr beruhigend, ja regelrecht einladend. Marek stellte sich vor, wie sein Körper gleich eintauchen würde, wie sein und *ihr* Körper gleich durch dieses schützende Nass gleiten würden. Und als er dann den Blick auf Kyra richtete, der bereits wieder ein glutroter Punkt vor dem Gesicht herumtanzte, überkam ihn Wehmut. Dieser Moment sollte nicht vergehen, auch nicht die Nacht, die er einläutete. Nichts sollte enden, ihre Begegnung nicht, der Rausch nicht und das Leben schon gar nicht. Sterben *war* keine Option.

Marek war kurz davor, sich von dieser Woge der Melancholie überwältigen zu lassen. Aber dann passierte etwas mit ihm. Erst wurde ihm schlecht – nicht so sehr, dass er das Gefühl bekam, sich übergeben zu müssen, es war eher ein Zustand, den man in einem anderen Zeitalter als *blümerant* bezeichnet hätte –, nur einen Augenblick später begann seine Kopfhaut wohlig zu kribbeln und gleich darauf sandte auch der Rest seines Körpers positive Signale; die Glieder fühlten sich bleiern und zugleich entspannt an – so als würde er nach einem harten Tag in der Wanne liegen –, während sich im Gehirn eine nie gekannte Leichtigkeit ausbreitete.

Ihn überkam der Drang, Kyra dafür zu danken, dass sie diesen so einzigartig schönen Platz für sie beide gefunden hatte. Und das tat er dann auch. Lange und ausgiebig und vor allem euphorisch. Währenddessen hörte er sich so seltsame Worte wie *bestechend* oder *fürstlich* benutzen. Aber das war nicht schlimm, verstärkte vielmehr das Lächeln noch, das mit einer fast schon unverschämten Selbstverständlichkeit in seinem Gesicht Platz genommen hatte. Und auch Kyra lächelte, während sie ihrerseits in einen Redefluss geriet, der, soweit ihre Sätze zu Marek durchdrangen, nur die annehmlichen Seiten ihrer Situation beschrieb. Irgendwann bemerkte er, dass er seinen Speichelfluss nicht mehr kontrollieren konnte, spürte einen dünnen Faden vom Mundwinkel zum Kinn hinabrinnen, aber auch das war egal. Und es wurde noch egaler, je mehr Kyra ihm von diesen Tropfen einflößte, die irgendwann in ihrer Hand aufgetaucht waren. Codein, wenn er sie richtig verstanden hatte. Der Name spielte ohnehin keine Rolle. Hauptsache, es war ausreichend Nachschub da. Hauptsache, der Zustand, in dem er sich befand, wurde aufrechterhalten. Er spülte den intensiven Geschmack des Medikaments mit Bier hinunter und angelte sich eine Zigarette aus der Schachtel, die Kyra neben sich auf die Liege geschmissen hatte. Anzünden *und* inhalieren war gar nicht so leicht. Nein, rauchen war keine Angelegenheit für Amateure, erst recht nicht, wenn du deine Lippen nicht mehr spüren konntest.

Wie es dazu kam, dass sie mit einem Mal durchs Gebäude tobten, hätte Marek im Nachhinein gar nicht sagen können, so wenig war sein Bewusstsein in diese Vorgänge involviert. Aber irgendwas war passiert, irgendein Prozess im Gehirn in Gang gesetzt worden, der die Trägheit ihrer Leiber aufhob und sie mit unbändiger Energie versorgte. Sie tollten herum wie Teenager, rissen Spinde um, kickten Papierkörbe durch die Gänge, entleerten Feuerlöscher, traten die Tür zur Bademeisterkabine ein, kurz: sie unternahmen allerhand, um eine Spur freudvoller Verwüstung zu hinterlassen.

Und dann waren sie tatsächlich irgendwann im Wasser, bekleidet natürlich, weil die Muße zum Ausziehen einfach nicht da war. Denn immer noch regierte die Ausgelassenheit, waren sie einzig von kindlichem Spieltrieb erfüllt. Sie plantschten und spritzten herum, als ob sie gerade erst ihr Seepferdchen gemacht hätten. Dann entdeckte Kyra ein Behältnis, das all die Dinge enthielt, die Kleinkindern und Senioren den Aufenthalt im Becken erleichtern sollten. Also integrierten sie auch die Pool-Nudeln und Schwimmbretter und was es da sonst noch gab an buntem Schaumstoffzeug in ihr Treiben. Nicht lange und es folgten Gegenstände, die normalerweise nur selten ihren Weg ins Nass fanden, Pflanzenkübel zum Beispiel, aber auch Sachen, die sie in der Bademeisterkabine und in den angrenzenden Räumen fanden, darunter eine fahrbare Reinigungsmaschine, die Kyra im Stile eines Rodeoreiters – eine Hand am Lenkrad, die andere in der Luft, Kippe im Mundwinkel – über den Beckenrand steuerte.

Natürlich gab es während all dieser Aktivitäten weiteren Alkohol, weitere Pillen, weiteres Codein. Und so war es nicht verwunderlich, dass in Mareks Kopf nach und nach die Lichter ausgingen, bis sich schließlich auch das letzte Glühlämpchen verabschiedete.

# 9

Als er erwachte, war der Filmriss das erste, was er realisierte. Es fehlte ein Stück seiner Erinnerung, so viel war sicher, wenn er auch gerade nicht hätte sagen können, wie groß dieses Stück war. Die zweite unleugbare Tatsache: Er fror. Was natürlich damit zusammenhing, dass er nasse Klamotten am Leib hatte – nicht mehr klitschnass, aber noch feucht genug. Dass er nur einen Schuh trug, den anderen also offenbar während ihres närrischen Treibens verloren hatte, irritierte ihn nicht sonderlich. Der Umstand, dass der schuhlose Fuß in einem dieser durchsichtigen Behälter steckte, wie sie gewöhnlich als Aufsätze für Trinkwasserspender genutzt wurden, war dagegen umso verwirrender. Die Kopfschmerzen hielten sich in Grenzen, es war eher ein Gefühl der Benommenheit, das seinen Schädel beherrschte, so als hätte man sein Gehirn durch eine Maschine zur Herstellung von Zuckerwatte ersetzt. Dafür waren Zunge und Hals dermaßen trocken, dass das Schlucken schwerfiel. Natürlich: Er hatte geraucht, verdammt, und das nicht zu knapp. Bei der Erinnerung daran wurde ihm übel. Aber der Moment ging vorüber. Und das gab ihm die Kraft, endlich seine Umgebung in Augenschein zu nehmen.

Er hing in einem Bürostuhl, der, als er ihn das erste Mal gesehen hatte, Bestandteil der Bademeisterkabine gewesen war; das wusste er noch genau. Nun hatte das Sitzmöbel in einer der Sammelduschen eine neue Heimat gefunden. Wie es (und mit ihm er selbst) hierhergeraten war, wusste er nicht mehr. Auch hätte er nicht sagen können, ob er sich im Männer- oder Frauenbereich befand. Apropos: Wo steckte eigentlich Kyra? Im Duschraum war von ihr nichts zu sehen. Das einzige, was es dort auf den nackten Fliesen zu entdeckten gab, war eine überdimensionierte Diddl-Maus mit Badeanzug und Schwimmring, die irgendjemand mit Unmengen von Heftklammern und Reißzwecken gespickt hatte.

Nicht ohne Mühen befreite Marek seinen Fuß von dem Wasserbehälter. Dann stemmte er sich in die Höhe. Das Schwindelgefühl, mit dem er fest gerechnet hatte, blieb aus, auch die ersten Schritte ließen sich weit besser an als erwartet, und nachdem er am Ausgang der Dusche seinen zweiten Schuh gefunden und übergezogen hatte, erfuhr sein Befinden noch einmal eine Steigerung. Er würde seine Gefährtin suchen gehen.

Weit laufen musste er nicht. Noch bevor er aus dem schmalen Durchgang, der auf die Dusche folgte, in die Schwimmhalle getreten war, vernahm er ihre Stimme, gewohnt laut, gewohnt angriffslustig.

»Ihr verpisst euch besser, ihr Affen. Sonst könnt ihr eure Zwergenpimmel gleich aus dem Whirlpool fischen.«

Klang so, als hätte Kyra schon wieder massiven Ärger am Hals. Marek hielt in der Bewegung inne und lauschte einen Moment, ob es eine Antwort gab. Er meinte, leises Gelächter zu vernehmen. Dann wurde es still. Er wartete noch ein, zwei Sekunden, bevor er seinen Oberkörper so weit vorschob, dass er einen Blick in die Halle werfen konnte.

Kyra saß mit Blick zu ihm auf einer der Liegen, ganz so, als ob sie sich in den letzten Stunden nicht bewegt, Marek den ganzen Zerstörungstrip also nur geträumt hätte. Vor ihr standen zwei Männer, was im Vergleich zu ihrer letzten Notlage ja durchaus als Verbesserung hätte durchgehen können – da waren es schließlich drei gewesen, von denen einer ja auch noch … –, wenn diese zwei hier nicht so massiv bewaffnet gewesen wären. Beide hatten Gewehre mit Zielfernrohr über dem Rücken hängen – Gewehre, die, soweit Marek das beurteilen konnte, ziemlich hochwertig waren –, beide hatten Pistolen in der Hand und trugen auch noch allerlei Gerätschaften am Gürtel, darunter etwas, das unschwer als Machete zu identifizieren war.

Über die Typen selbst ließ sich, da sie mit dem Rücken zu ihm standen, nicht allzu viel sagen. Sie waren eher fünfzig als zwanzig, trugen durchschnittliche Frisuren und gewöhnliche Kleidung – der eine Jeans und Sweatshirt, der andere Jeans und Multifunktionsjacke – und machten, von ihrem Waffenarsenal mal abgesehen, einen eher biederen Eindruck. Der mit dem Sweatshirt, der größer und deutlich korpulenter war als sein Begleiter und sein dunkles Haar à la Jack Nicholson nach hinten gekämmt hatte, wirkte wie einer dieser Familienväter, die sich an Sonn- und Feiertagen gern alberne Schürzen umbanden und die Würste auf dem Grill mit Bier übergossen. Der andere, der sein graues Haar kurzgeschnitten trug und, wie Marek erst jetzt erkannte, eine große, durchsichtige Flasche in der Hand hielt, die wahrscheinlich Hochprozentiges enthielt, hätte einer dieser Bastler sein können, die ihre gesamte Freizeit ihrer Modelleisenbahn oder einem ähnlich abstrusen Projekt widmeten.

Sicher war dieses harmlose Äußere mitverantwortlich dafür, dass Kyra sich zu weiteren Provokationen hinreißen ließ.

»Na, wer will zuerst?«, tönte sie. »Oder seid ihr schon kastriert, ihr Pissnelken? Du doch sicher, Dickerchen. Ein feister, schwanzloser Ochse, stimmt's?« Sie lachte höhnisch. Die fuchtelnden Bewegungen, die ihre Worte unterstrichen, nährten die Vermutung, dass sie ihr Teppichmesser im Einsatz hatte.

Ihr Lachen war noch nicht verklungen, als der *feiste, schwanzlose Ochse* kurz ausholte und ihr mit der Rechten ins Gesicht schlug. Ob er dabei mit dem Handrücken traf oder mit seiner Waffe, konnte Marek auf die Entfernung nicht erkennen. Die Wirkung war in jedem

Fall nicht ohne. Kyra heulte auf, wie ein Tier, das in ein Tellereisen geraten war.

Marek wollte zu ihr, wollte sie da rausholen. Er hatte schließlich schon einmal bewiesen, dass er auch mit einer Übermacht fertigwurde. Nur hatte ihm da, und das fiel ihm gerade noch ein, bevor er sich in Bewegung setzte, ein Messer zur Verfügung gestanden, und zwar ein deutlich längeres als das, mit dem Kyra auskommen musste. Jetzt rächte es sich, dass er den Arsch, in dem das Küchenmesser steckte, hatte entkommen lassen. Er überlegte, ob er zurück in die Dusche schleichen und sich von dort aus auf die Suche nach etwas begeben sollte, das als Waffe geeignet war, ließ es dann aber bleiben. Erstens hatte er keine Idee, was das hätte sein können. Der Aufsatz eines Trinkwasserbehälters? Eine mit Heftklammern und Reißzwecken gespickte Diddl-Maus? Zweitens konnte er Kyra jetzt nicht einfach allein lassen. Denn wie zu erwarten, ließen es die beiden Pisser nicht bei dem einen Schlag bewenden.

Als hätte er nur auf das Startsignal gewartet, drängte sich nun der Grauhaarige in den Vordergrund. Er drückte dem Größeren die Flasche in die Hand, trat an Kyra heran und hielt ihr seine Knarre an die Schläfe. Gleichzeitig griff er mit der Linken nach ihrem rechten Unterarm und drückte so lange und so fest zu, bis Kyra, die immer noch von dieser massiven Schelle benommen war, die Faust öffnete. Ein metallenes Scheppern verriet, dass sie tatsächlich das Teppichmesser in der Hand gehalten hatte. Wo war eigentlich ihr Pfefferspray, verdammt? Warum hatte sie das nicht benutzt?

»Das war's für dich, du abartiges Miststück«, rief der Grauhaarige, mehr erfreut, denn wütend, und zog mit einer schnellen, fließenden Bewegung seinen Gürtel aus der Hose. Dann sagte er an seinen Kumpel gewandt: »Komm, hilf mir mal, Martin.«

Der Angesprochene ließ erst noch genüsslich einen Schluck durch seinen Hals laufen, bevor er die Flasche beiseitestellte, seine Waffe auf eine der Liegen legte und sich so hinter Kyra hockte, dass er ohne viel Aufwand ihre Schultern mit den Händen fixieren konnte. Währenddessen drückte der Kleinere Kyras Arme mit der Linken zusammen und mit der Rechten, in der er immer noch die Pistole hielt, so weit nach oben, bis sie über den Rand der Kopfstütze ragten. Dann schlang er den Gürtel zweimal um die Handgelenke seines Opfers, zurrte ihn fest und verknotete ihn danach mit dem Rahmen der Liege.

Zwar strampelte Kyra wie irre mit den Beinen, aber auch das konnte nicht verhindern, dass ihr der Grauhaarige im nächsten Schritt die Strumpfhose vom Leib zerrte. Als es ihm endlich gelungen war, das schwarze Nylon über ihre Füße zu bekommen, riss er es in zwei Teile, drückte dann nacheinander Kyras Schenkel in Richtung ihrer Schultern und verschnürte sie so eng wie möglich mit dem jeweiligen Oberarm. Kyra hatte noch nicht aufgegeben, warf, im Versuch, diesen Martin zu beißen, der nach wie vor ihre Schultern festhielt, den Kopf hin und her und auch ihre Unterschenkel bewegten sich noch. Aber das alles erweckte nicht den Eindruck, als ob sie sich aus eigener Kraft würde befreien können. Mit ihren gespreizten, nach oben gebundenen Beinen sah sie aus wie ein Frosch, der gleich untersucht und seziert werden würde. Zumindest dem Korpulenten schien das Ausmaß ihrer Fesselung dennoch nicht ausreichend.

»Knebeln?«, fragte er.

»Nein, auf gar keinen Fall. Ich will sie hören«, tönte der Grauhaarige.

»Ach, bitte Frank, bitte. Sie sehen immer so schön dümmlich aus, wenn sie was im Maul stecken haben. Wie Karpfen.«

Es war klar, worauf das hinauslaufen würde. Es war schon klar gewesen, als Marek die beiden Ekelbatzen erblickt hatte. Aber die letzte Bemerkung verlieh dem, was sie vorhatten, eine derart wuchtige Anschaulichkeit, dass er sein Zögern endlich überwand. Er stürzte los ohne nachzudenken und wusste doch, was er gleich zu tun hatte: Er würde sich die Kanone dieses Fettsacks schnappen. Der Rest erledigte sich dann schon von selbst. Beinahe wäre ihm sein Vorhaben auch geglückt. Der dicke Martin war viel zu überrascht, um auch nur einen Millimeter aus der Hocke zu kommen. Aber irgendwas in seinem Blick warnte den Grauhaarigen, der gerade noch rechtzeitig herumwirbelte und Marek den Lauf seiner Pistole gegen die Brust rammte, bevor der sich zur Waffe des Größeren hinabbeugen konnte.

Marek wich einen Schritt zurück, was seinem Widersacher die Gelegenheit gab, den Arm anzuheben und die Mündung der Waffe so vor seinen Augen zu platzieren, dass sie ihre größtmögliche Wirkung entfaltete. Noch nie hatte Marek in etwas derart Dunkles, etwas derart Machtvolles und Hypnotisches geblickt. Und als sich ihm jetzt die Nackenhaare aufstellten, spürte er auch das mit nie gekannter Intensität.

Der Grauhaarige schien dagegen nichts als unbändige Freude zu empfinden.

»Ja, wen haben wir denn hier?«, rief er aus, und klang dabei so begeistert, als würde er beim Betreten eines Restaurants einen alten Schulfreund entdecken. »Den persönlichen Assistenten der Putzfrau? Oder warte, warte, bist du nicht der Typ, der die Saunaaufgüsse vorbereitet?«

Er gab ein meckerndes Lachen von sich. Und sein Begleiter stimmte dröhnend mit ein.

Das Gelächter brach den Bann, ermöglichte es Marek, wenn auch unter Einsatz seines gesamten Willens, den Blick von der todbringenden Öffnung zu lösen und stattdessen endlich das ungleiche Paar in Augenschein zu nehmen. Ansehnlich war keiner der beiden. Das Gesicht des Grauhaarigen war von tiefen, fast scharfkantig zu nennenden Falten durchzogen und beherbergte derart große Tränensäcke, dass darin eine ausgewachsene Nacktschnecke Platz gefunden hätte. Erschwerend kam der Umstand hinzu, dass seine oberen Schneidezähne nicht nur überdurchschnittlich groß waren, sondern auch ziemlich weit vorstanden, was ihm das Aussehen eines Wasserschweins verlieh. Big Martins Fresse bestach dagegen vor allem durch ein Paar beeindruckende Schlauchbootlippen. In Verbindung mit seinen Pausbäckchen, ja, mit seiner Fleischigkeit überhaupt, erinnerte sein Gesicht an Abbildungen in Asterix-Comics, genauer an römische Präfekten, die mit fetttriefenden Fingern weitere in Auerochsenurin gebratene Schweinskaldaunen und frittierte Pfauenzungen orderten.

Die bisherigen Handlungen der beiden Missgeburten hatten das nicht unbedingt vermuten lassen, aber ihre Visagen verrieten es mehr als deutlich: Die zwei waren hackevoll. Gerötete Wangen; die Augen so glasig, als wären sie eine Woche lang den Bildern einer Dauerwerbesendung ausgesetzt gewesen. War sicher nicht die erste Flasche, die sie sich teilten. Die, die sie im Moment leerten, ja, fast schon geleert *hatten*, enthielt übrigens, so sagte es zumindest das Etikett, Wodka der Marke Putinoff. Die beiden lallten noch nicht, aber zumindest Martins Zunge war schon schwerer geworden. Das zeigte sich, als nun zur Abwechslung er die Initiative übernahm.

»Lass uns unser Spiel mit dem Penner spielen, ja, Frank?«, sagte er und schaute den Grauhaarigen um Zustimmung heischend an.

Als dieser mit einem knappen Nicken sein Okay gab, ließ Martin endlich Kyras Schultern los und erhob sich schwerfällig. Dann trat er an Marek heran, sagte *hinsetzen* und zwang ihn mit seiner XXL-Pranke unsanft auf eine Liege, die etwa im Neunziggradwinkel zu der von Kyra angeordnet war.

»Pass auf, du Penner, du kannst jetzt was für dich und deine Fotze tun. Das kleine Miststück ist doch deine Fotze, oder?« Ohne eine Antwort abzuwarten, griff er hinterrücks unter sein Sweatshirt und brachte einen altertümlichen Revolver zum Vorschein: langer Lauf, die Trommel so groß wie eine Dose Kondensmilch. Das

Ding sah aus, als wäre es bereits während des amerikanischen Bürgerkriegs im Einsatz gewesen.

»Hübsch, was?« Genüsslich ließ Martin die Waffe mehrmals an Mareks Pupillen vorbeiwandern. Dann hielt er inne, richtete sie auf sein Gesicht und sagte: »Russisch Roulette – kennst du sicher. Der Klassiker unter den Glücksspielen. Im Film führen sie ja gern vor, dass auch wirklich nur eine Kugel in der Trommel steckt. Das lassen wir heute weg. Du wirst mir vertrauen müssen.« Er grinste, grinste bis über beide Ohren, wie der besoffene Teilzeit-Sadist, der er ja auch war. Dann fuhr er fort: »Du spielst zwei Runden, eine für dein Mädchen, eine für dich. Danach seid ihr frei. Der Vorteil für dich: Wenn's nicht klappt, verlierst du nicht viel. Unser aller Leben ist ja ohnehin bald zu Ende.« Er brach in schallendes Gelächter aus und der Grauhaarige stimmte meckernd mit ein.

Marek versuchte den beißenden Spott, wie auch die Tatsache, dass mittlerweile gleich zwei Knarren auf ihn zielten, so gut es ging zu ignorieren. *Dein Mädchen* – wie schön das klang. Die Aussicht, Kyra ein weiteres Mal vor Unheil zu bewahren, war verführerisch. Wenn ihm das gelänge, war sie wirklich *sein* Mädchen. Gar nicht auszudenken, zu welchen Dingen sie sich vor lauter Dankbarkeit hinreißen lassen könnte. Was aber, wenn es nicht funktionierte? Wenn sein Gehirn gleich in ungezählten Bröckchen der Umgebung ein neues Muster verleihen würde. Dann hatte er nichts. Dann hatte er seine letzten Atemzüge in einem Schwimmbad getan, im Beisein von zwei volltrunkenen, außer Kontrolle geratenen Familienvätern. (Dass die beiden

Frau und Kind hatten, wenigstens *Ex*-Frau und Kind, spürte man einfach.) Nein, das konnte es nicht sein. Und das *würde* es auch nicht sein. Die zwei Flachwichser sollten sich den altertümlichen Revolver besser gegenseitig in den Arsch schieben, er würde ihr boshaftes Spielchen nicht mitspielen. Den Gedanken, sich die Waffe in die Hand drücken zu lassen, um sie sodann gegen seine Feinde zu richten, ließ er nur kurz zu. Woher sollte er wissen, ob wirklich eine Patrone drinsteckte – vielleicht taten die zwei Spaßvögel nur so als ob.

Seine Entscheidung stand also fest, als Martin ihm den Griff der Waffe hinhielt und sagte: »Na, nimm. Nimm schon. Und dann schön ans Köpfchen gedrückt.«

»Leck mich«, sagte Marek.

Bei Martin rief diese Weigerung nichts als ein Grinsen hervor.

»*Leck mich* sagt er. *Leck mich*. Hast du das gehört, Frank? Er ziert sich.«

»Eine echte Prinzessin«, ätzte Frank.

»Vielleicht hat sie Schiss, die Prinzessin … Hey«, er wandte sich jetzt wieder direkt an Marek, brachte die beiden rosa Engerlinge, die bei ihm die Lippen ersetzten, ganz nah an dessen Ohr, »ist nicht schlimm. Wir spielen trotzdem. Ich helfe dir.«

Noch im selben Atemzug spürte Marek das kalte Metall des Revolvers an der Schläfe.

Er versuchte einen Blick von Kyra zu erhaschen. Aber Frank, der in einer Mischung aus Lüsternheit und Neugierde zu ihm herüberplierte, verdeckte ihm die Sicht. Er versuchte dem Gedanken Gestalt zu verleihen, dass ihm ja wirklich nur noch ein jämmerliches Häppchen Zeit verblieb, dass er also tatsächlich *nicht viel verlieren* würde (wie es dieser Hurensohn formuliert hatte, dem er gerade so hilflos ausgeliefert war), falls … Es gelang ihm nicht. Alle Bilder, die sich hinter seinen Pupillen aufbauten, hatten das zum Inhalt, was unbedingt noch kommen sollte. Weitere Momente mit Kyra, weiterer Alkohol, weitere Exzesse, sogar weitere scheiß Zigaretten.

Und als Martin dann den Druck verstärkte und gleichzeitig ein Geräusch an Mareks Ohren drang, das so klang, als würde der Abzug betätigt, war da nur ein Gefühl: Todesangst. Alles schien gleichzeitig auszusetzen, Atmung, Herzschlag, Speichelfluss. Selbst die Zeit schien stillzustehen. Das einzige, was noch existierte, war dieses Klicken, dieses brutale Klicken mit seinem nicht enden wollenden Nachhall. Und dann war da plötzlich kein Fremdkörper mehr an der Schläfe, und mit einer Verzögerung von mehreren Sekundenbruchteilen realisierte Mareks Hirn, dass es überstanden war, dass zumindest die *erste* Runde an ihn ging.

Martin bestätigte das.

»Glück gehabt, Prinzessin. Glück gehabt«, murmelte er, »Aber das kann beim zweiten Mal schon ganz anders aussehen.«

Ein leises Schnarren ließ Marek vermuten, dass die Trommel gedreht wurde, gleich darauf hatte er die Waffe erneut am Kopf. Und so begann die Prozedur noch einmal. Wieder die Augen zusammenkneifen, wieder die Zähne zusammenbeißen, Stoßgebete an einen namenlosen Gott schicken – so als würde der vollkommen übermüdete Lazarettarzt gleich die Knochensäge unterhalb deiner Kniescheibe ansetzen.

Dieses Mal war es noch perfider, weil sich Martin mehr Zeit ließ.

»Soll ich? Soll ich abdrücken, Frank?«, hörte Marek ihn ein paarmal fragen. Dazu kicherte er wie ein Schulmädchen, das sich seinen ersten Joint reinzog.

Dann endlich tat er es. Und wieder gab es nur ein Klicken, kein Bum. Wieder hatte ihn der Namenlose, dem er gerade noch hunderte unhaltbare Versprechungen gemacht hatte, verschont. Wieder durfte Marek voller Erstaunen feststellen, dass er überlebt hatte.

Kurz überkam ihn die Befürchtung, dass es nun ewig so weitergehen, dass Martin das Game so lange spielen würde, bis er oder besser: sein Revolver der Sieger war. Aber das verfettete Stück Scheiße hielt sich an seine Ankündigung.

Er steckte die Waffe zurück unter sein Sweatshirt und sagte: »Hast ja gar nicht geweint, Prinzessin. Respekt. Zur Belohnung darfst du noch ein bisschen weiteratmen. Wäre ja auch zu schade gewesen, wenn du die Show verpasst hättest.« Er drehte sich zu seinem Kompagnon. »Jetzt beginnt doch die Show, oder Frank?«

Frank, der nach wie vor seine Pistole auf Marek gerichtet hielt, nickte ein selbstgefälliges Wasserschweinnicken und sagte: »Geht gleich los. Aber vorher fesseln wir unseren kleinen Saunameistergehilfen. Nicht, dass er uns noch dazwischenfunkt.« Er wandte sich an Marek: »Gib ihm deine Schnürsenkel.«

Marek versagte sich ein Aufbegehren. Was hätten Widerworte jetzt noch für einen Sinn ergeben? Er knotete seine Schuhbänder auf und reichte sie an Martin weiter. Der schnürte ihm damit die Hand- und Fußgelenke zusammen und zwar derart gekonnt, dass der Verdacht aufkam, er hätte das schon häufiger getan. Vielleicht stand ja die Gattin auf Bondage.

Marek konnte zwar immer noch aufrecht sitzen, aber damit hatte es sich auch schon. So er die Fesseln nicht aufbekam – und davon war auszugehen –, war der einzige Move, der ihm noch zur Verfügung stand, ein hilfloses Robben. So seltsam es klingen mochte, war das in gewisser Weise ein Trost. Das Band, das ihn hielt, entband ihn von der Verantwortung für die üblen Dinge, die gleich geschehen würden. Ihm graute dermaßen davor, dass er am liebsten um etwas gebeten hätte, das ihm Augen und Ohren verschloss. Als Big Martin ihn eben daran erinnert hatte, dass ihm tatsächlich keine einzige Träne entwichen war, hatte er für einen kurzen Moment so etwas wie Stolz verspürt. Denn er hatte nicht nur nicht geweint, er hatte auch nicht gejammert und nicht gebettelt. Vor allem aber hatte er sich nicht eingenässt, was ihn im Nachhinein am allermeisten verwunderte.

Dieser Ansatz eines Gefühls von Heldenhaftigkeit war so schnell verflogen, wie er gekommen war. Verdrängt von der Frage, wie er das überstehen sollte, was nun auf ihn zukam. Die Spanne, in der er den Revolver an der Schläfe zu erdulden gezwungen war, hatte sich zwar wie eine Ewigkeit angefühlt, in Wirklichkeit aber gewiss nicht mehr als ein paar Minuten umfasst.

Wie lange würde das dauern, was jetzt beginnen sollte? Und: Wie genau würde dieser Alptraum aussehen? Mit welchen Gräueln würde er angefüllt sein?

Der Beginn gestaltete sich klassisch.

»Darf ich anfangen, Frank, darf ich anfangen?«, bettelte Martin und klang dabei wie ein Sechsjähriger, der es nicht mehr abwarten konnte, seine Weihnachtsgeschenke auszupacken.

Nachdem Frank mit einem beinahe salbungsvollen Nicken seine Zustimmung signalisiert hatte, griff sich Martin den Wodka und kippte den letzten Rest in sich hinein. Dann warf er die Flasche ins Becken und beugte sich über Kyra. Mit einem Mal besaß seine Stimme nichts Kindliches mehr.

»Na, freust du dich schon, du kleine Drecksau? Gleich bekommst du was ganz Feines«, frohlockte er, während er seinem Opfer etwas in den Mund zu stopfen schien. Seinen Plan, sie zu knebeln, hatte er offenbar nicht vergessen.

Wie Kyra darauf reagierte, konnte Marek nur erahnen, denn immer noch stand Frank im Weg. Er hoffte, dass es ein hasserfüllter, besser noch: ein verächtlicher Gesichtsausdruck war, mit dem sie ihren Peiniger bedachte.

Falls dem so war, schien das auf Martin keinerlei Eindruck zu machen. Mit einer schnellen Bewegung zerriss er Kyras olivfarbenes Trägertop; anschließend nahm er sich den BH vor. Dann trat er einen Schritt zurück, betrachtete sein Werk einen Moment, so als müsse hier oder da noch eine Nuance geändert werden, und sagte schließlich nach einem lauten Schnalzen, das in Mareks Ohren so klang, als würde ein verendender Dickhäuter einen letzten Furz von sich geben:»Die Titten müssten mal gemacht werden. Oder Frank?«

»Ja, sind schon ein bisschen welk«, pflichtete Frank ihm bei.

»Na, wir schauen einfach nicht hin«, gab Martin zurück und sagte dann an Kyra gerichtet: »Muss dir nicht peinlich sein. Wir schauen nicht hin. Oder wir decken es irgendwie ab.« Er machte eine kurze Pause. »Vielleicht schmieren wir ein bisschen Scheiße drauf. Hey, Frank, meinst du, ich sollte ihr einen Haufen auf die Titten setzen?« Er lachte so dreckig, dass Marek ihm am liebsten den kompletten Schädel zermalmt hätte. Die Fresse am Boden fixieren (vielleicht mit heißem Bitumen), schwere Stiefel anziehen und dann auf und ab hüpfen, auf und ab, auf und ab, bis nur noch ein Klumpen Fleischsalat übrig war.

Immer noch lachend, zwängte sich Martin derweil zwischen Kyras Schenkel, zog sich mit einer Hand die Hose ein Stück runter und dann rammelte er auch schon los. Marek sah ein Stück der freigelegten, augenfällig schlaffen Arschbacken sowie ein Paar rasierter Eier, das vor- und zurückschwang wie der Kehlsack eines nach Körnern pickenden Truthahns.

Als ob dieser Anblick allein nicht gereicht hätte, begann nun auch noch Frank, das Geschehen im Stile eines Sportreporters zu kommentieren.

»Ja, und nun locht er ein, unser Champion. Bringt das Spielgerät zur Gänze über die Linie, schiebt es tief rein in den weit geöffneten Forellenmund«, rief er, vom Wodka befeuert. »Und der Gegner, der ohnehin viel zu passiv geblieben ist, ergibt sich nun ganz, lässt die Schwanzgarage, das Sorgenloch, das Spermaauffangbecken vollkommen unbeaufsichtigt. Ja, ist das denn die Möglichkeit, da könnte ja ein Blinder, ein Hundertjähriger, dem man Arme und Beine amputiert hat … Das lässt der Champ sich natürlich nicht entgehen. Eine Attacke nach der nächsten reitet er gegen den rosa Schweinefleisch-Taco, den geilen, ungewaschenen, Pissschlitz. Ganz gepflegt nimmt er den aufgeplatzten Igel Stück für Stück auseinander. Das ist keine Abwehr, das ist der reinste Saftladen, könnte man sagen. Aber was ist das?! Regt sich da nicht etwas am Ende der Einflugschneise. Ist da etwa noch Leben in der Melkmaschine, im Honigtöpfchen, im zahnlosen Kuchenloch? Nein, nur ein kurzes Aufbäumen der Dehnungsfuge. Das war es dann aber auch schon wieder.«

So ging das in einer Tour weiter, einzig die Ausdrücke für das weibliche Geschlechtsorgan variierten ständig. Frank verfügte in dieser Hinsicht offenbar über einen unbegrenzten Vorrat. Marek hätte kotzen können, und das nicht nur im übertragenen Sinne. Ihm wurde flau im Magen und plötzlich meinte er auch die Folgen all der genossenen Substanzen zu spüren.

Dessen ungeachtet steigerten sich die Widerwärtigkeiten noch. Irgendwann zog Martin seinen Schwanz aus Kyra heraus – ein ekelhaft fleischiges Riesending von Schwanz –, drehte sich zu Marek um und sagte, während er seinen Prügel stolz präsentierte: »Schau mal, wie geil der Fotzensaft an meinem Dicken herunterperlt. Die ist so feucht, deine Freundin, wenn du ihr nen Hamster reinsteckst, würde der glatt ertrinken.« Er lachte laut auf. Dann schien ihm eine Idee zu kommen: »Du willst bestimmt mal kosten, was Prinzessin? Ja, das würdest du gern, hm?« Er brachte seinen unappetitlichen Pimmel so nah an Mareks Mund heran, dass dieser glaubte, ihm würde das grässliche Teil tatsächlich gleich zwischen die Lippen gezwängt werden, was das drohende Erbrechen seinerseits dann unausweichlich machen würde. Aber Martin besann sich eines Besseren. Sein krankes Hirn hatte etwas Neues ausgebrütet.

»Hey, Frank, soll ich sie mal anal nehmen? Soll ich der Hure mal die Hintertür vergolden?«

»Ja, das solltest du unbedingt, Mann«, antwortete Frank.

»Aber ich brauche was, mit dem ich das enge Loch ein bisschen weiten kann. Hast du eine Idee?«

»Keine Ahnung, vielleicht …« Noch bevor Frank seine Überlegung zu Ende führen konnte, gab sich Martin bereits selbst eine Antwort: »Ich hab's, Mann, der Colt! Der wird sie scharf machen. Gib mir den mal, Alter.«

Ein Dialog, der in Mareks Ohren so aufgesetzt und gleichzeitig so ausgelutscht klang, als wäre er in die Aufführung einer Schultheatergruppe geraten.

Ohne weiteren Kommentar kam Frank der Aufforderung nach und reichte die altertümliche Waffe an Martin weiter. Was dann geschah, entzog sich Mareks Wahrnehmung. Wieder sah er nur Martins Kehrseite und die auch nur in Ausschnitten. Aber das fette Dreckschwein hatte sein Vorhaben ja angekündigt, von daher traten die entsprechenden Bilder ganz von selbst hinter seine Pupillen. Den Rest besorgte das, was Martin verbal absonderte.

»Na, schau mal an, wie schön der Lauf sich hineinschraubt. Wie der Korkenzieher in die Flasche«, sagte er. Und nur einen Augenblick später: »Das gefällt dir, hm? Ich merke doch, wies dir gefällt.« Das weitere Programm bestand aus Grunzen, Stöhnen und Anfeuerungsrufen.

Kyra, die, von zwei- oder dreimaligem wuterfüllten Aufheulen abgesehen, bisher keinen Laut von sich gegeben hatte – sprechen konnte sie ja wegen des Knebels ohnehin nicht –, blieb auch jetzt stumm. Und das half ein bisschen. Marek stellte sich vor, wie sie mit zusammengebissenen Lippen kalte Blicke gegen ihren Peiniger sandte, Blicke, die nicht weniger als die Botschaft aussandten *du seelenloser Wurm kannst der Schönheit meiner Seele nichts anhaben*. Marek selbst hätte seine Augen am liebsten geschlossen, allein schon, um Martins so herausragend hässlichen Hintern, dieses fleischgewordene Brechmittel nicht länger ertragen zu müssen, aber jedes Mal wenn er die Lider senkte, bohrte sich Franks Knarre in seine Rippen. Erstaunlicherweise hielt die dabei an den Tag gelegte Wachsamkeit den kleinen Nager nicht davon ab, erneut in seine Kommentatoren-Rolle zu schlüpfen und das mit noch mehr Elan als zuvor.

»Ja, was ist denn hier los, liebe Sportfreunde. Als hätte der Champ nicht gerade schon einen Triumph von historischen Ausmaßen eingefahren, rollt er das Feld nun noch einmal von hinten auf. Und was macht der Gegner? Er macht die Pforten weit auf, öffnet gar den Notausgang und lädt jeden noch so dahergelaufenen Taugenichts ein zur geselligen Zusammenkunft im

Nougatspeicher, zum Ringelpiez im Mokkastübchen. Da lässt sich natürlich auch der Champ nicht zweimal bitten, er durchschreitet das braune Tor wie ein König, präsentiert sein Zepter in der ihm eigenen Eleganz.«

Es schien, als ob Frank sich gar nicht mehr würde einkriegen wollen. Er redete immer schneller, immer wirrer, ließ seine Vergleiche irgendwann gar ins Religiöse driften. Währenddessen wackelte er derart aufgeregt mit dem Kopf, dass es den Eindruck hatte, innerhalb seiner Hirnschale würden ganze Ketten von Knallfröschen explodieren.

Aber auch das war irgendwann überstanden. Nach einer gefühlten Ewigkeit ließ Martin eine besonders ausgedehnte Grunz- und Stöhn-Arie erklingen, auf die eine Art Röhren folgte, dann wandte er sich triumphierend zu seinen Geschlechtsgenossen um. Offensichtlich war er zum Ende gekommen.

»Jetzt du, Frank«, forderte er mit der gönnerhaften Miene eines Mannes, der seine fettigen Finger aus einer Schale Pommes nahm und dieselbe einem anderen zuschob.

Marek rechnete fest damit, dass Frank, sobald er Martins Part übernommen hatte, völlig freidrehen, also noch lauter und verstiegener daherreden würde – obwohl das eigentlich gar nicht mehr vorstellbar schien. Aber nachdem die beiden die Rollen getauscht hatten, was bedeutete, dass Martin ihn nun mit der Waffe bedrohte, geschah etwas Eigenartiges. Franks *Performance* vollzog sich unter vollkommenem Schweigen. Und nicht nur das. Sie war auch noch ausnehmend kurz. So kurz, dass es nur zwei Erklärungen gab. Entweder er bekam keinen hoch oder er war einer dieser vom Schicksal gestraften Schnellspritzer, bei denen der Spaß schon zu Ende war, noch bevor er richtig begonnen hatte.

Jedenfalls hoppelte er nicht länger als zwanzig Sekunden auf Kyra herum – wobei selbst von hinten zu erkennen war, dass seine Omme so rot anlief wie die Stäbe eines Heizstrahlers –, dann stand er auch schon wieder und zwängte, so dass weder Marek noch Martin es sehen konnten, sein Fortpflanzungsorgan zurück in die Jeans.

»Und, wie war's? Hat sie's gebracht? Hat dir die Schlampe gefallen, Frank?« Martin war dermaßen von Euphorie beseelt, als ob es das Desaster seines Kumpans gar nicht gegeben, als ob er nicht gerade einer offensichtlichen Niederlage beigewohnt hätte.

Frank spielte das Spiel dankbar mit.

»Sie war okay, die Fotze. Annehmbar. Aber jetzt brauch ich was anderes. Was Jüngeres. Vor allem eine mit guten Titten.«

»Na klar, Frank. Machen wir, Frank. Alles, was du willst«, entgegnete Martin.

Und damit steckten sie ihre Waffen ein, griffen sich die wenigen Dinge, die sie verstreut hatten, und verschwanden, ohne Kyra oder Marek noch eines Blickes zu würdigen. Leider verschwendeten sie auch an die Fesseln keinen Funken Aufmerksamkeit, was Marek zwang, sich des Problems selber anzunehmen. Er wand sich wie eine Schlange, die eine kräftige Hand aus dem Grün der Uferböschung gezogen hatte und nun am Schwanz in die Höhe hielt, wobei er sich zwischenzeitlich vorkam wie der zappelnde Frank auf dem Höhepunkt seines albernen Vortrags. Aber der Erfolg gab ihm recht. Irgendwann hatte er die Bänder um die Handgelenke soweit gelockert, dass er einen Daumen herausziehen konnte. Keine drei Sekunden später war er gänzlich frei, waren auch die Fesseln an seinen Füßen verschwunden.

Während er sich eine Stelle am Unterarm massierte, an der die Schnürsenkel besonders tief ins Fleisch geschnitten hatten, trat er an Kyra heran.

Mit den Augen bedeutete sie ihm, den Knebel aus ihrem Mund zu entfernen, irgendein Stück Stoff, vielleicht eine Socke, das so tief in ihrer Kehle steckte, dass sie es, so sehr sie auch würgte, nicht von selbst loswurde. Aber da war etwas, das Marek zögern ließ, etwas, das ihn zwang, sie eingehender zu betrachten. Sie hatte geweint, das war offensichtlich. Aber ihr Blick war nicht gebrochen, und so waren es wohl eher Tränen der Wut gewesen, die sie vergossen hatte. Als sie realisierte, dass er nicht gewillt war, sie sofort zu befreien, trat ein Funkeln in ihre Augen, das ebenfalls als Wut gedeutet werden musste, Wut gepaart mit Strenge. Zu seinem eigenen Erstaunen stellte Marek fest, dass ihn das nicht beeindruckte. Jedenfalls längst nicht so, wie er es gewohnt war. Sie war geknebelt und gefesselt, sie war hilf- und damit auch machtlos. Und das ließ ihn mutiger werden, erlaubte ihm endlich, seinen Blick weiter nach unten wandern zu lassen, über ihre ausladenden Brüste mit den großen, braunen Warzenvorhöfen und den länglichen Nippeln, die Marek im Gegensatz zu dem, was Frank und Martin geäußert hatten, für äußerst ansehnlich befand, über den gewölbten Babybauch, auf dem eine etwa acht Zentimeter lange Narbe prangte, bis dorthin, wo seine Augen überhaupt nichts zu suchen hatten, der Quelle aller Verheißungen.

Ihre Schamlippen klafften auseinander. Ein wenig zwar nur, aber dennoch … Das war das eine. Die andere unleugbare Tatsache: Ihre Fotze war feucht. Zumindest sah es so aus. Einladend feucht. Ob dieser Bastard Martin wohl in ihr gekommen war? Geklungen hatte es so, aber zu entdecken war davon nichts. Vielleicht war er zu betrunken gewesen, hatte sich aber nichts anmerken lassen wollen. Diese Fotze, diese geile, lockende Fotze. Gerötet, geschwollen. Marek bekam Lust, einen Finger hineinzuschieben.

Herrgott, sie war wirklich feucht. Vielleicht nicht so sehr, wie es eben noch den Eindruck erweckt hatte, aber … Er nahm den Zeigefinger hinzu und spürte, wie ihn die Geilheit übermannte. Früher hatte er manchmal Probleme in dieser Hinsicht gehabt, jetzt war sein Schwanz so hart wie nur irgend möglich. Ins Gesicht sah er ihr nicht mehr. Das konnte er einfach nicht. Er konzentrierte sich vollständig auf seine Finger, auf seine Finger, die von ihrem Schlitz Besitz nahmen, während er mit der freien Hand am Knopf seiner Hose zu fummeln begann. Er würde zärtlich zu ihr sein.

Er *war* zärtlich.

Bis ihm irgendwann bewusst wurde, dass sie ihn freiwillig niemals rangelassen hätte. Selbst im Angesicht irgendeines verschissenen Feuerballs wäre er nicht zum Zug gekommen. Oder etwa nicht? Diese Bitch. Diese dreckige Bitch. Abgehoben und arrogant wie alle anderen. Ran-ge-las-sen! Ran-ge-las-sen! Ran, ran, ran!

Er hob nun doch den Kopf und sah den Unglauben in ihren Augen, Unglauben zu dem sich mit jedem Stoß ein weiteres bisschen Angst gesellte. Und er wartete, erwartete die Stimme seines Gewissen. Aber da kam nichts.

Als es vorbei war, schloss er die Augen, öffnete sie aber gleich wieder.

Dann erhob er sich von ihr, drehte sich um und ging. Alles war ganz leicht.

# Outtakes

## I

Im ersten Moment glaubte Marek, seinen Augen nicht zu trauen. Aber es war nicht zu leugnen: Vor den Türen der Zentralbank saß doch tatsächlich ein Bettler. Marek musste an den Typen denken, den er auf dem Weg zu René dabei beobachtet hatte, wie er den Gehweg vor seinem Reihenhäuschen fegte. Offenbar gab es Menschen, die ihre Gewohnheiten selbst im Angesicht der schlimmsten aller Katastrophen nicht ablegen konnten. Aber ein Bettler! Was erhoffte der sich? Wer war noch bereit, etwas abzugeben? Und falls ja, was? Kippen? Alkopops? Trost?

Der Gedanke an Kyra zog ihn weiter, aber die Neugier war stärker. Marek musste einfach an den Schnorrer herantreten und die weiße Untertasse in Augenschein nehmen, die der ältere, bärtige Mann vor seinen Füßen platziert hatte. Neben ein paar Münzen, die ja nur von irgendeinem Scherzkeks stammen konnten, fand sich dort wirklich eine Zigarette. Aber da war noch etwas anderes. Etwas Organisches. Marek beugte sich ein Stück vor, dann erkannte er es: eine Fingerkuppe, am unteren Ende fransig, so als wäre sie mit äußerst grober Gewalt entfernt worden. Ihn schauderte und er blickte schnell zur Seite.

Der Alte, den dieses Verhalten offenkundig amüsierte, kommentierte die skurrile Gabe süffisant: »Rechter Daumen. Der gute Mann, der ihn mir gegeben hat, meinte, er bräuchte ihn nicht mehr. War wohl früher Bankkassierer. Hat ihn direkt hier vor meiner Nase abgebissen. Der muss Zähne aus Titanstahl gehabt haben.«

Marek sah sich nicht zu einer Erwiderung in der Lage, was der Bärtige wiederum zum Anlass nahm, dass Thema zu wechseln.

»Wie sieht's aus, junger Freund, habt Ihr etwas übrig, das das Herz eines abgebrannten Gentlemans zu erwärmen in der Lage wäre?«

Weil Marek noch immer schwieg, ergänzte der Alte: »Ich nehme auch Münzen.«

Münzen! Mechanisch kramte Marek in seiner Jackentasche, fand ein Zweieurostück und legte es auf den Teller.

»Ist für den Fährmann, der mich über den Hades bringen soll«, erklärte der Alte ungefragt.

Als Marek Stunden später dieser seltsame Hotdog-Verkäufer über den Weg lief, fiel ihm die Szene mit dem Bettler wieder ein. Denn die vermeintlichen Würstchen, die der mit Taucherbrille und Batman Cape ausstaffierte Mann auf seinem Bauchladen vor sich hertrug, sahen nicht wie herkömmliche Ware aus. Vielmehr erinnerten sie stark an männliche Fortpflanzungsorgane.

Bevor Marek diese Annahme überprüfen konnte, sausten jedoch zwei Körper vom Himmel und begruben den tauchbegeisterten Superheldenjünger unter sich. Sah so aus, als hatte sich ein Pärchen gemeinsam aus dem Wählerverzeichnis abgemeldet.

Kollateralschaden, durchfuhr es Marek, als er einen letzten Blick auf die zuckenden Unterschenkel des Hotdog-Verkäufers warf. Oder sollte er besser *Coldcock-Verkäufer* sagen?

## 11

Verdammt, jetzt hatte er seine Mutter immer noch nicht angerufen. Diese Kat war schuld. Und eben diese Kat, beziehungsweise das gestörte, bemitleidenswerte Mädchen, das sich hinter dem Namen verbarg, war es auch, die Marek begrüßte, nachdem er sein Telefon eingeschaltet hatte. Ganze sechsundzwanzig Nachrichten hatte sie ihm geschickt, seitdem er sich den Weg aus ihrem Schlafzimmer hatte freikämpfen müssen. Er las nur die ersten beiden.

»Fick dich und geh sterben! Du bist das größte Arschloch, das mir je begegnet ist«, lautete die erste, die zweite: »Lass dich hier nie wieder blicken. Selbst wenn du vor meiner Tür wie ein Hund winseln würdest, würde ich dir nicht aufmachen. Du bist kein Colt, du bist ein Cöltchen, eine billige Spielzeugpistole.«

Marek musste unwillkürlich lächeln. Humor hatte sie. Das musste man ihr wirklich lassen. Aber sie hatte ihn schon genug Zeit gekostet. Er durchsuchte das Adressbuch nach der Nummer seiner Mutter.

Das Rufsignal ertönte derart häufig, dass er schon mit der Hoffnung liebäugelte, ihr ein paar warme Worte auf der Mailbox hinterlassen zu können, aber dann ging sie doch noch ran.

»Junge, was bin ich froh. Draußen ist die Hölle los. Vor dem Haus gab es regelrechte Tumulte.«

»Ja, sieht so aus, als stünde der Weltuntergang vor der Tür.«

»Was? Rede nicht! Weltuntergang – dass du immer gleich das Schlimmste annehmen musst. Das sind nur Störungen, leichte Unruhen, weiter nichts. Die Regierung hat die Lage sicher bald wieder im Griff.«

»Bestimmt.«

»Was?!«

»Bestimmt, Mutter.«

»Wann kommst du vorbei? Ich habe Quarkfrikadellen eingefroren. Die magst du doch.«

Auf eine derartige Einladung war Marek vorbereitet.

»Ist im Moment schwierig. Ich habe Aufträge. Dazu das Chaos auf den Straßen.«

»Das verstehe ich, Junge. Aber ich bräuchte Hilfe bei den Gardinen und auch die Läufer wären mal wieder dran.«

»Ich komme, sobald ich kann, Mutter. Bis dahin lässt du niemanden rein. Versprochen?«

»Was?«

»Du lässt niemanden rein.«

»Ja.«

»Mach keinem auf. Und geh auch nicht vor die Tür.«

»Das mache ich, mein Junge. Und du pass bitte ebenfalls auf dich auf, vor allem, dass du dich nicht erkältest. Setz deine Mütze auf, gerade wenn es so windet wie heute, ja?«

Nachdem das Gespräch beendet war, starrte Marek noch eine Weile blicklos aufs Display. Dem Impuls, das Handy im hohen Bogen aufs Pflaster zu schmeißen, widerstand er nur mit Mühe. Wieso hatte er eigentlich Kyra nicht rechtzeitig nach ihrer Nummer gefragt?

## III

»Es tut mir furchtbar leid, Schätzchen, aber ich sehe bei dir nur noch eine sehr, sehr überschaubare Lebensspanne«, sagte die Wahrsagerin, ein Weib von hundert Jahren, das sich für jede einzelne seiner drei Milliarden Falten und Runzeln mindestens drei protzige Schmuckstücke zugelegt hatte. »Wenigstens werden deine letzten Tage mit Lustbarkeiten angefüllt sein.« Mit einem leisen Kichern ließ sie Mareks Hand los, dann sagte sie: »Und nun tu das, was du versprochen hast.«

Ehe er sich versah, presste sie sein Gesicht auf ihre hundert Jahre alte Möse, die sie mit einer Mischung aus Hirschtalg, ranziger Butter und Schweröl eingeschmiert und wenigstens seit dem letzten weltumspannenden Krieg nicht gewaschen haben musste. Der Gestank war so betäubend wie der Biss einer Kamelspinne.

Marek bekam keine Luft mehr und versuchte verzweifelt, Nase und Mund aus der lebensfeindlichen Grotte zu befreien. Aber der Griff der Wahrsagerin war so fest, als ob sich hinter ihrer verhutzelten Gestalt ein Wrestler verbarg. Und so blieb nur noch ein Ausweg: Er brauchte mehr Codein. Mehr Codein und natürlich mehr Alkohol. Blind tastete Marek herum, bis seine Finger an eine Flasche stießen. Er griff zu, setzte an, meinte Wodka zu schmecken, und dann schluckte und schluckte er, als ob sein Leben davon abhinge – was ja auch der Fall war.

Dankenswerterweise war die Alte kurz darauf verschwunden. Stattdessen bekam er Kyra in den Blick. Die hatte sich ein überlebensgroßes Stofftier zwischen die Beine geklemmt, eine Cartoonfigur, die eine Maus darstellen sollte. Und dieser Stoffmaus stecke Kyra im Sekundentakt Reißzwecken in den Körper, die sie sonst wo gefunden haben musste. Sie war dabei derart konzentriert, dass ihr Mund weit offenstand und permanent Speichel abgab, was Marek gemahnte, sich ebenfalls so schnell wie möglich kreativ zu betätigen.

Vorher brauchte er jedoch endlich einen Nachschlag Codein. Wo hatte Kyra nur diese Tropfen hingestellt? Er wollte sie fragen, aber seine Stimme versagte ihm den Dienst. Das einzige, was er zustande brachte, war ein hilfloses Krächzen, das so klang, als hätte ihm eine hundertjährige Hexe ihren Harn in den Hals gespritzt.

# IV

Dann erhob er sich von ihr, drehte sich um und ging. Alles war ganz leicht.

Er sah nicht zurück, ließ ihr Bild hinter sich wie einen ausgespuckten Kaugummi. Während er sich mit gleichmäßigem, ruhigem Schritt dem Ausgang näherte, verspürte er nur eins: Hunger. Mordsmäßigen Hunger. Er brauchte etwas Deftiges. Eine Currywurst oder ein Schnitzel. Würde sicher schwierig werden, etwas in dieser Richtung aufzutreiben. Aber vielleicht konnte er in einen Imbiss eindringen und sich dort selbst etwas zubereiten. Eine Fritteuse würde er wohl gerade noch anwerfen können.

Weil er dermaßen mit den Möglichkeiten der Nahrungsaufnahme beschäftigt war, bemerkte er die veränderte Stimmung nicht gleich. Er war schon gute fünfhundert Meter von der Schwimmhalle entfernt, als ihm der deutlich gestiegene Lärmpegel auffiel. Da war ein Schreien und Rufen, untermalt von einem Tosen, das sich ebenfalls aus menschlichen Stimmen zusammensetzte. Das Seltsamste an dieser Kakophonie aber war ihr fröhlicher Unterton.

Dann kamen Marek auch schon die ersten freudestrahlenden Gesichter entgegen – darunter auch weibliche, auch *junge* weibliche –, die Blicke euphorisiert, regelrecht verzückt. Und endlich ließen sich dem Stimmengewirr auch verständliche Äußerungen entnehmen.

»Gerettet, wir sind gerettet!«, rief irgendwer und ein anderer: »Das ist das größte Wunder seit der Auferstehung Christi!«

»Was ist passiert?« Marek packte einen vorbeieilenden Mann mittleren Alters am Arm.

»Was denn? Hast du's nicht mitbekommen? Sie haben den Kometenschwarm gesprengt. Keine Ahnung, wie. Aber wohl in allerletzter Sekunde. Es geht also weiter. Hörst du?! Wir können weitermachen!«